AF565157

F N T S Y V E R L A G

Titel: NALA - Der Hexenberg
Autorin: Gabriela Proksch Bernabé

Erstauflage: 2020
www.nala.horse
kontakt@nala.horse

Kampenwand Verlag
Raiffeisenstr. 4
83377 Vachendorf - Traunstein
www.kampenwand-verlag.de

Versand und Vertrieb durch:
Nova MD GmbH
Raiffeisenstr. 4
83377 Vachendorf - Traunstein
bestellung@novamd.de
www.novamd.de

Printed in Czech Republic
FINIDR, s.r.o.
Lipová 1965
Český Těšín 737 01
Česká republika

Umschlagfoto und Illustration:
Claudia Martina Rauber

Umschlaggestaltung, Satz:
Patricio Perez

Autorinnenfoto:
Bella Steger

ISBN 978-3-947738-07-6

Als Hörbuch und eBook erhältlich

Gabriela Proksch Bernabé

Nala
Der Hexenberg

Illustrationen von Claudia Martina Rauber

Inhalt

Was ist der Mensch ohne Wildtiere? Wenn die wilden Tiere alle verschwunden sind, dann wird die Seele an Einsamkeit zugrunde gehen; alles, was den Tieren widerfährt, widerfährt auch den Menschen.

Häupting Seattle

Nichts auf der Welt ist so unaufhaltsam, wie eine Idee, deren Zeit gekommen ist.

Victor Hugo

I Leitfaden

Die Geschichte von Nala, ihren Freunden und den Tieren ist ein magischer Roman. Alle Wesen, die darin vorkommen, sind erfunden. Ich habe mir die künstlerische Freiheit genommen und persönliche Lieblingsplätze in den Alpen ein wenig zusammengerückt.

Eine energetische Heilung ersetzt nicht die Untersuchung und Behandlung eurer Pferde durch fachkundige TierärztInnen und andere medizinisch ausgebildete Fachmenschen. Selbstverständlich ist die moderne Medizin wichtig für die Therapie von Tier und Mensch. Auch psychotherapeutische Begleitung kann uns alle dabei unterstützen, zu wachsen und mit Schwierigkeiten besser umzugehen. Sich helfen zu lassen ist natürlich. Das haben Menschen seit Urzeiten getan, egal, wie diese Hilfe durch die verschiedenen Zeitalter genannt wurde. Unbefangen und voller Neugier könnt ihr PädagogInnen, TherapeutInnen oder BeraterInnen begegnen. In unserem Reittherapieinstitut am Sonnhof stehen wir mit vier Therapiepferden Kindern, Jugendlichen und Erwachsenen bei, wichtige Fragen zu lösen und neue Lebenskraft zu schöpfen.

Falls ihr mit Pferden euer Leben teilt, seid bitte achtsam mit den wundervollen Geschöpfen, die uns anvertraut sind.

Sie sind unsere Brüder und Schwestern.

Respektiert jedoch in diesem Zusammensein die eigene Gesundheit. Schützt euch mit einem Helm, Handschuhen und geeigneter Ausrüstung. Pferde sind Fluchttiere und ihre Instinkte stammen aus einer Zeit lange vor knatternden Traktoren, Autobahnen oder surrenden Drohnen. Und das ist gut so. Sie verbinden uns dadurch mit unseren eigenen Urinstinkten, die ein oft versteckter, verdrängter Teil der Seele sind. Hinaus zu gehen in die Natur, Tieren und Pflanzen zu begegnen, stillt die Sehnsucht, unsere Natürlichkeit zu erfahren, heilt und macht Spaß.

2 Brief

Ein schauerliches Heulen ertönte: „Wooouuuuuh, wooouuuuh, wooouuuuh..."

Nala suchte hektisch nach ihrem Telefon. Den Klingelton „Wolfsgeheul" hatte sie für ihre beste Freundin Rosalie ausgesucht. Unter einem Haufen achtlos am Boden liegender Klamotten zog sie ihr Handy hervor.

„Hi, Feuerwolf, wie geht´s?" Im Sommer hatten sich die beiden Mädchen auf einem Reiterhof in Südfrankreich kennengelernt und unglaubliche Abenteuer miteinander erlebt. Ihre Freundin bekam damals von einer indianischen Medizinfrau den Namen Feuerwolf und Nala wurde Sternenträumerin genannt.

„Hi, ich habe aufregende Neuigkeiten für dich!", begann Rosalie das Gespräch.

Nala saß plötzlich viel aufrechter in ihrem gemütlichen, roten Sitzsack: „Das klingt ja spannend, was gibt's denn?"

„Du fehlst mir so! Aber stell dir vor, es gibt eine Möglichkeit, wie du in meine Nähe ziehen kannst, wenn du Lust hast!"

Nala sprang vor Neugier auf: „Und wie soll das funktionieren? Du lebst in Tirol und ich in Bayern! Da ist immerhin eine Staatsgrenze dazwischen."

„Die Schule, in die ich im Herbst wechseln werde, beginnt ein internationales Projekt. Sie suchen Schülerinnen aus verschiedenen anderen Staaten. Das Beste kommt aber noch! Es ist die Glasfachschule hier in Tirol. Man erhält eine künstlerische Ausbildung, lernt das Gestalten und Entwerfen von Skulpturen aus Glas. Du hast doch den ganzen Sommer wie verrückt gezeichnet und Skizzen von unseren Pferdeabenteuern gemacht. Du bist total begabt dafür! Deshalb denke ich, diese Schule hier ist genau dein Ding!"

Sternenträumerin, ließ sich wieder in den Sitzsack plumpsen. Sie war sprachlos. „War das möglich? Gingen Träume manchmal so schnell in Erfüllung?" Sie hatte sich insgeheim nichts mehr gewünscht, als näher bei Feuerwolf zu leben. Ihre Abenteuer im Feriencamp hatten die Mädchen zusammengeschweißt. Vor allem die verrückte und lustige Seite ihrer neuen Freundin gefiel Nala.

„Was... ist... los?", fragte Rosalie langsam. Die stumme Pause irritierte sie.

Schon sprudelte Sternenträumerin ihre Antwort heraus: „Das ist ja sowas von genial! Ich bin dabei! Schick mir gleich den Link für die Anmeldung!"

„Musst du nicht zuerst deine Eltern fragen?", erkundigte sich Rosalie vorsichtig.

„Klar, aber die freuen sich höchstens, wenn ich so eine Chance bekomme. Das wird wahrscheinlich kein großes Problem, vermute ich einmal. Sie wissen ja, dass Malen und Zeichnen das Größte für mich ist. Bis auf die Pferde natürlich."

Rosalie ergänzte: „Das Größte für mich wäre, wenn wir zusammen sein könnten. Schließlich sind wir seit dem Ritt durch die Vollmondnacht in der Zauberwelt miteinander verbunden!"

Nach den Reitferien in Südfrankreich und ihrem nächtlichen Abenteuer mussten sich die beiden Freundinnen leider wieder trennen. Der Abschied von Rosalie und Lilou, der scheuen, weißen Araberstute, war für Nala traurig gewesen. Das Pferd und das schüchterne Mädchen hatten ein magisches Band geknüpft. Auch der uralte Steinkreis unter der mächtigen Eiche mit der Schamanin Blaue Feder, deren Lehrling Wolfsherz und der Mustangherde waren ihr ans Herz gewachsen. Nala konnte sich ein Leben ohne ihre neuen Freunde kaum vorstellen. Vor allem der Rabe Tendo, ihr Gefährte und Krafttier, fehlte ihr. Er hatte sie zum Lachen gebracht, indem er Streiche spielte und das Mädchen neckte. Schließlich war es Sternenträumerin sogar gelungen, seine krächzende Rabensprache zu verstehen.

Zwei Wochen später hielt Nala einen großen, weißen Umschlag mit dem aufgedruckten Symbol eines Adlers, dem Wahrzeichen Tirols, in der Hand. Ihre Finger zitterten vor Neugier und Ungeduld. Mit einem Ruck riss sie den Brief auf. Sternenträumerin musste unbedingt wissen, ob er die ersehnte Nachricht enthielt. Ihre Mutter Simone, die am Schreibtisch saß, beobachtete die Szene gespannt. Sie war von der Idee, dass Nala die Glasfachschule besuchen wollte begeistert gewesen. Auch Nalas Vater Florian und der kleine Phillip, ihr Bruder, freuten sich, dass Sternenträumerin in dieser Schule ihr Talent zum Zeichnen und Malen ausleben würde.

Nala hielt das so banal aussehende weiße Blatt in die Höhe und sprang wie ein Gummiball auf und ab, während sie die Nachricht laut vorlas:

Aufnahmebestätigung

Sie haben die Kriterien für die Aufnahme an die Glasfachschule Tirol erfüllt. Wir erbitten umgehende Antwort, falls Sie am 9. September ihre Ausbildung zur Glaskünstlerin bei uns beginnen wollen. Ein Platz in unserem Internat steht bei Bedarf zur Verfügung.

Mit freundlichen Grüßen

Die Direktion

Mag. Oskar Krämer

„Juhuuu! Was für ein Glück! Ich bin drin! Muss sofort packen! Nein, halt, Rosalie anrufen! Sie wartet sicher darauf."

„Lass dir erst einmal gratulieren!" Nalas Mutter umarmte und drückte sie fest. „Ich vermisse dich jetzt schon. Doch die neue Schule ist nicht weit von München entfernt. Wir werden uns an den Wochenenden oft sehen, du bist ja nicht aus der Welt."

Nala strahlte vor Glück: „Ich fasse es einfach nicht! Ich ziehe nach Österreich und besuche diese einzigartige Lehranstalt! Das wird sicher fabelhaft. Lauter Mädchen und Jungs, die sich für Kunst interessieren, so wie ich. Wow, ich freue mich riesig!“

Das war jedoch nicht die ganze Wahrheit. Schon seit einiger Zeit hatte Nala Probleme in der Schule. Nicht mit dem Unterricht, das Lernen fiel ihr leicht. Doch sie war eine Träumerin, stets mit dem Kopf in den Wolken und wurde deshalb immer wieder zur Außenseiterin. Sogar Mobbing erlebte Sternenträumerin. Sie konnte und wollte mit den schicken Outfits und dem oberflächlichen Getue der meisten anderen Mädchen nicht mithalten. Außerdem war sie ein paar Kilos von einem offiziellen Idealgewicht entfernt. Das hatte sich im Reitcamp ein wenig verändert. Den ganzen Tag mit den Pferden unterwegs zu sein, machte Nala stärker und beweglicher. Sonnengebleichte Strähnen ließen ihre aschblonden Haare interessanter wirken. Doch ihre Erscheinung riss, zumindest ihrer eigenen Meinung nach, niemanden vom Hocker. Vor allem deshalb, weil Sternenträumerin sich in ihren weiten, bequemen Klamotten eher versteckte als kleidete. In diesem Sommer in Südfrankreich hatte das Mädchen sich zum ersten Mal in einer Gruppe eingelebt und wohlgefühlt. Mit Hilfe der Medizinfrau Blaue Feder, ihrem Wissen über Horsemanship und schamanischen Techniken, entwickelte Sternenträumerin sich zum unabhängigen, glücklichen Pferdemädchen. Es brauchte viel Mut, um sich aus ihrer Außenseiterrolle zu befreien. Das Selbstvertrauen fühlte sich frisch und neu an. Nala war gestärkt und zuversichtlich aus dem Feriencamp zurückgekommen. So warf sie ihre Bedenken und Ängste vor der unbekannten Klassengemeinschaft im Moment über Bord.

„Soll ich sofort in der Direktion anrufen und Bescheid sagen, dass du kommst, oder willst du es dir noch überlegen?“

„Überlegen? Darüber brauche ich mir nicht groß den Kopf zu

zerbrechen! Ich darf dort zeichnen, entwerfen und Künstlerin werden! Abgesehen davon geht meine allerbeste Freundin in die gleiche Klasse!“, antwortete Nala ihrer Mutter.

Das laute, unheimliche Wolfsgeheul ertönte. „Rosalie!“, jubelte das Mädchen.

„Hallo Feuerwolf, ich wollte gerade anrufen“, keuchte Sternenträumerin atemlos, „ich bin aufgenommen worden und ziehe nach Tirol.“

„Das ist eine fantastische Nachricht!“, freute sich Rosalie mit ihrer Freundin.

Nala sprach gleich weiter: „ Endlich lerne ich dein Pflegepferd Gandalf kennen. Gibt es im Stall vielleicht ein Pferd für mich? Aber, was rede ich denn da? Ich wünsche mir ja doch nur, dass Lilou bei mir sein kann. Leider ist mein Herzenspferd meilenweit weg, in Frankreich, und ich weiß nicht einmal, ob ich es je wiedersehen werde!“

„Gandalf ist auf jeden Fall im Reitstall, gleich in der Nähe. Möglicherweise finden wir dort auch ein Pflegepferd für dich. Doch wir wissen beide, dass man Lilou nicht ersetzen kann. Dein Herz hängt an dieser zauberhaften Stute. Es tut mir so leid, dass sie unerreichbar ist. Sag, wann kommst du endlich her?“, fragte Rosalie ihre Freundin.

„Am 9. September fängt die Schule an“, antwortete Nala.

„Frag doch deine Eltern, ob du ein paar Tage früher kommen darfst. Dann haben wir noch Zeit, um miteinander auszureiten. Sicher kannst du bei mir übernachten! Jetzt hab ich's! Vielleicht musst du gar nicht ins Internat ziehen und lebst stattdessen bei uns Zuhause. Meine Schwester Mavie studiert schon ein Jahr lang in Wien, also ist ihr Bett frei. Wir teilen uns das Zimmer! Du weißt, was das bedeutet? Nächtelanges Quatschen... Das ist die beste Idee überhaupt!", jubelte Rosalie.

„Glaubst du, deine Eltern erlauben es?"

„Natürlich muss ich zuerst fragen, aber seit den Ferien erzähle ich von nichts anderem mehr, als von unserer Freundschaft. Alle wissen, wie wichtig du für mich geworden bist. Mama findet außerdem, dass viel zu wenig Menschen um den Tisch sitzen. Sie vermisst Mavie, kocht irrsinnig gern und braucht immer Gäste, damit sie richtig glücklich ist. "

„Ich leg gleich auf und frag meine Eltern, ob ich bei dir leben darf. Aufs Internat hab ich sowieso keine Lust. Dann fange ich zu packen an..." Nalas Stimme wurde hektischer: „Ich brauch jede Menge Sachen für die neue Schule.... Jetzt hab ich es voll eilig", stöhnte sie. „Ciao, bis bald."

Nachdem sie aufgelegt hatte, ließ sich Sternenträumerin auf ihren bequemen Sessel sinken und schloss die Augen. Sie erinnerte sich an den Sommer, an Südfrankreich und an Lilou, ihr Herzenspferd. Diese Schimmelstute, die selbst so misstrauisch und verletzt war, hatte ihr geholfen sich aus der Spirale von Angst und Hilflosigkeit zu befreien. Oder war es die Medizinfrau Blaue Feder gewesen? Sie lehrte Sternenträumerin, gemeinsam mit ihrer Mustangherde, wie die Pferdesprache für uns Menschen wirkt und wie heilsam das Zusammensein mit diesen edlen Tieren ist. Und da gab es auch noch Emanuel. Ein wenig hatte Nala sich in den schwarzhaarigen Jungen, der so wunderbar Gitarre spielte, verliebt. Er war der Neffe der Reitlehrerin und half den beiden Mädchen das Rätsel um die geheime Medizingesellschaft der Zopfmenschen zu entschlüsseln. In einem magischen Moment ihrer gemeinsamen Reise hatte Nalas

Herz bei seinem Anblick aufgeregt und schneller geschlagen. Das war ein übles Zeichen für ein Mädchen, das lieber in ihrer eigenen Phantasiewelt lebte, als sich mit anderen Menschen, besonders Jungen, auseinanderzusetzen.

Würde sich Nalas heimlichste Sehnsucht, irgendwo einen zweiten magischen Steinkreis zu entdecken, erfüllen? All diese Kraftplätze waren miteinander verbunden, das hatten die Mädchen zumindest gehört. Sie hofften, so durch Raum und Zeit reisen zu können. Nala wünschte sich aus ganzem Herzen, die Gefährten aus Südfrankreich wiederzusehen.

3 Hexenbrunnen

„Hooooo", mit einem tiefen, brummenden Laut entspannte sich Rosalie und brachte damit den riesigen Noriker Gandalf, einen fuchsfarbenen Wallach mit goldblonder Mähne, zum Stehen. Sie blickte über das Tal und genoss den Ausblick auf die fernen Gipfel. Langsam stieg das Mädchen von ihrem schnaubenden Pferd. Die schwarzen Dohlen, die im Schwarm das Joch belauerten, umkreisten Rosalie. Oft bettelten die Vögel bei den rastenden Wanderern um Speck, Brot und Käse. Die ganze Bande stürzte sich dann zeternd auf die Reste der Jause, die sie manchmal abbekam. Doch heute waren die Dohlen besonders unruhig. Sie kreischten und flatterten aufgeregt umher. Einer der dunklen Gefiederten schien größer als die anderen zu sein. Oder täuschte sich Rosalie? Nein, nein, die ganze Gruppe war durcheinander und aufgebracht und attackierte zögerlich den eindeutig kräftigeren und schwarzblau schimmernden Raben. Ein Rabe! War das Tendo? Das Krafttier von Nala? Wie kam der denn hierher? Über Rosalies Gesicht breitete sich ein Lächeln aus.

„Hey, Tendo! Hier bin ich! Komm her!", rief sie dem Wind und dem Vogel entgegen.

„Kraaah, kraaah", hörte sie nun. „Da bist du jaaah!", könnte der Stimmkünstler ebenso gesagt haben. Aus diesem geheimnisvollen Raben wurde man nie richtig schlau. Das Medizintier ihrer Freundin war genauso listig und klug wie undurchschaubar. Aber das war nicht das Wichtigste. Wo er sich aufhielt, würde Nala nicht weit sein. Mit Gepolter legte Tendo eine wackelige und windschiefe Landung hin. Der Lattenzaun, der die Weide der Hochalm abgrenzte, erschien ihm wohl als geeigneter Platz für einen Plausch unter Freunden.

„Du? Hier? Wie bist du nur den weiten Weg von den Pyrenäen hergekommen, du Zauberwesen? Nichts wie runter ins Tal! Wahrscheinlich kommt meine liebste Freundin bald an. Begleitest du mich?“, fragte sie Tendo. Der erhob sich bereits in die Luft und flog voraus.

Gandalf, der dem Spektakel mit unerschütterlicher Gelassenheit zusah, stupste Rosalie mit seinem gewaltigen Kopf sanft in die Seite. Nun war er damit dran, gestreichelt, liebkost und gelobt zu werden. Schließlich hatte er sich angestrengt, um die junge Reiterin hier heraufzutragen. Das rothaarige Mädchen legte ihre Wange auf den warmen Hals des Riesen. Sie fühlte sich beschützt und dankbar. Gandalf war ein verlässliches Pferd. Seine Rasse, die Noriker, bezeichnete man als Kaltblüter, sie wurden hier in den Alpen als ruhige, starke Arbeitspferde gezüchtet. Doch der fuchsrote Riese stellte sich auch als hervorragendes Reitpferd heraus. Vor allem aber war er ein sagenhafter Freund, der das Mädchen nie im Stich ließ. Nach ausgiebigem Kraulen und Kuscheln kletterte Rosalie auf den Zaun und glitt in den vertrauten Sattel. Als sie am alten Brunnen vorbeiritten, blieb Gandalf abrupt stehen.

„Hast du Durst?", fragte das Mädchen und gab die Zügel frei, damit ihr Pferd den Hals strecken und das frische Quellwasser schlürfen konnte. Sie rasteten öfter beim verwitterten alten Holzbrunnen. Es war einer ihrer Lieblingsplätze. Die Schnitzerei auf dem ausgehöhlten Baumstamm zeigte eine Hexe auf ihrem Besen und daneben ein Edelweiß. Doch, anstatt zu trinken, stand der Noriker wie angewurzelt. Nur die Ohren bewegten sich hektisch in alle Richtungen. Ein Knacken und Rascheln drang aus dem Gebüsch.

„Was ist denn los? Was hörst du?", fragte Rosalie.

Der sonst eher bedächtige Wallach scharrte mit den Hufen und warf seinen Kopf von einer Seite zur anderen. Gandalfs Unruhe steigerte sich. Unvermittelt sprang er mit einem Satz in Richtung Unterholz. Gut, dass Rosalie sattelfest war. Das Pferd zwängte sich durch die Büsche und folgte den Geräuschen, die es offenbar anlockten. Das Mädchen verließ sich auf die Instinkte ihres Pflegepferdes. Die beiden vertrauten sich gegenseitig. Im Lauf der letzten Jahre hatte sie gelernt, den kräftigen Noriker mit fast unmerklichen Hilfen zu reiten. Sie waren ein eingespieltes Team, deshalb stoppte Rosalie sein ungewöhnliches Verhalten nicht. Wenn Gandalf etwas entdekken wollte, würde sie mit ihm dieses Abenteuer bestehen.

Sie ritten auf dem beinahe zugewachsenen Pfad. Dunkelgrüne Tannen mit weit ausladenden Ästen säumten den Weg. Immer wieder zog Rosalie ein Knie hoch, damit es nicht an den scharfen Zweigen streifte.

Plötzlich flimmerte zwischen den Bäumen eine Gestalt auf. Sobald das Mädchen genauer hinsah, verschwamm das Trugbild jedoch vor ihren Augen. Es blieben nur die eigenartigen, wispernden Töne. Rosalie wurde flau im Magen. Gandalf stand zitternd still. Da! Da sah sie es noch einmal! Ein schimmerndes Licht. Auf der Baumrinde bildete sich ein Gesicht – eine Fratze, die scheinbar hämisch lachte. Schon verschwand die Gestalt wieder. Das riesige Pferd schnaubte erschrocken auf.

„Was bist du auch hier hereingelaufen, du Verrückter! Wir können kaum umdrehen, so eng ist es. Es bleibt uns nichts übrig, als weiterzureiten. Das ist bloß der Wind in den Blättern, der unheimlich flüstert", redete Rosalie auf Gandalf ein. Sie versuchte, ihre Stimme beruhigend klingen zu lassen.

Wieder flackerte das Licht zwischen den Bäumen. Wieder wisperte und zischte es in ihren Ohren.

Wie der Noriker es schaffte, sich inmitten der Tannen so rasend schnell umzudrehen, war Rosalie ein Rätsel. Sie duckte sich, um unter den niedrigen Ästen durchzutauchen und nicht vom Rücken des Pferdes gefegt zu werden. Gandalf entwickelte ein enormes Tempo. Sie schossen durch das Gebüsch zurück zum Brunnen. Als sie mit eingezogenem Kopf die höchsten der Bäume passierten, brach krachend ein dicker Ast ab und schlug direkt hinter ihnen am Boden auf. Rosalie blickte entsetzt über die Schulter und sah, wie in einem Flecken Sonnenlicht heller Staub unter der Wucht des Astes aufstob. Am Brunnen angekommen, ließ der aufgeregte Fuchs schwitzend den Hals sinken und sog das kühle Wasser gierig ein.

Er stillte seinen Durst und sofort danach bewegten sich die Ohren wieder. Er hob den Kopf und war abermals dabei, Richtung Gebüsch loszulaufen. Da hielt Rosalie ihn sanft zurück.

„Nein! Schluss damit! Wir bleiben brav auf dem Rückweg. So ein Hin und Her gibt es jetzt nicht mehr! Ich fürchte mich halb zu Tode auf dem verwachsenen, alten Pfad".

Wenn nur Nala hier wäre! Ihre Freundin, die Sternenträumerin, spürte wahrscheinlich, ob dieser Weg der Durchgang zu einer anderen Welt war oder nur ein unheimlicher Ort, den es besser zu vermeiden galt. Und wo blieb Tendo?

Er schwebte über der Mitte des Tales und genoss den Wind unter seinen Flügeln.

4 Nalas Ankunft

Am Bahnhof fielen sich Nala und Rosalie in die Arme.

„Endlich bist du da!“, freute sich die Tirolerin und umarmte ihre Freundin.

„Und zu neuen Abenteuern bereit“, antwortete diese verwegen.

„Stell dir vor, ich habe Tendo gestern bei meinem Ausritt getroffen! Er hat sich den Dohlen am Joch oben angeschlossen und bringt sie ganz schön durcheinander. Schnappt ihnen die besten Brocken weg, die sie von den Wanderern abgestaubt haben.“ Rosalie berichtete von ihrem seltsamen und furchterregenden Erlebnis im Wald.

„Das klingt echt gruselig! Aber wir wollten doch hier einen Steinkreis, einen Eingang in die magische Welt, finden. Vielleicht war Tendo da, um uns zu so einem Platz zu führen. Könnte das der Weg in die Anderswelt sein?“, vermutete Nala.

Rosalie antwortete: „Warum flimmerte dann das Licht so komisch? Gandalf und ich, wir haben ziemlich gebibbert und sind blitzartig umgekehrt, als die unheimliche Gestalt auftauchte. Sobald wir beim Hexenbrunnen waren, wollte das Pferd aber wieder umkehren und in den Wald hineinlaufen. Wir spürten beides gleichzeitig, Angst und Verlockung.“

Nala, die ihren Koffer hinterherzog und sich mit einem Rucksack abmühte, blieb japsend stehen.

„Jetzt hilf mir endlich beim Schleppen, sonst kommen wir hier nie weg," beschwerte sie sich.

Rosalie hielt abrupt an und schlug sich auf die Stirn: „Sorry, vor lauter Erzählen, hab ich nicht gemerkt, dass du bepackt bist wie ein Esel!" Sie schnappte sich den Koffer und die beiden zogen los.

Nachdenklich murmelte Nala: „Ist ja wirklich merkwürdig, deine Geschichte. Ich habe einmal gehört, dass es so etwas wie Wächter von Kraftplätzen gibt. Claire, die Köchin in Frankreich, hat uns erzählt, dass sie die Hüterin vom dortigen Steinkreis ist. Überprüfen die, ob wir dazugehören und diesen Platz finden sollen? Könnte sein, oder?"

Wie ein Pfeil zischte ein schwarzer Vogel den Bahnsteig entlang und flog so knapp über Nala, dass er ihr die Mütze vom Kopf zupfte. Das Mädchen jubelte auf.

„Tendo!!!! Du bist wirklich hier! Ich freu mich wie verrückt, du frecher Dieb. Bring sofort meine Beanie zurück!"

Rosalie hopste vor Freude in die Luft. „Wir kommen wieder zusammen! Wie sehr habe ich mir das gewünscht!"

Das Gepäck fühlte sich auf einmal halb so schwer an. Die beiden Freundinnen machten sich überglücklich auf den Weg. Tendo saß, wie im Sommer in Frankreich, auf Nalas Schulter. Unter den staunenden Blicken der Dorfbewohner entfernten sich die drei vom Bahnhof.

Rosalies Mutter Bernadette, öffnete die Tür. „Hallo Nala! Ich freue mich, dass du da bist. Ich habe viel von dir und eurem außergewöhnlichen Reiturlaub gehört. Ihr seid so gute Freundinnen geworden! Wie mit deinen Eltern abgesprochen, kannst du gerne bei uns wohnen. Du musst nicht ins Internat, hier habt ihr wahrscheinlich mehr Spaß und ich freue mich immer über Leben in der Bude".

„Wir wollen gleich in den Stall, ich muss Nala unbedingt Gandalf und die anderen Pferde zeigen", Rosalie ließ keinen Zweifel daran, dass daheim bleiben nicht auf ihrem Programm stand.

„Ist schon klar, was für euch das Wichtigste ist", antwortete Bernadette, deren rote Locken ebenso wild vom Kopf abstanden, wie die ihrer Tochter.

Bald strampelten Rosalie und Nala auf Fahrrädern den Feldweg, der zum Stall führte, entlang. Übermütig ließen die Freundinnen die Lenker ihrer Bikes los, streckten ihre Arme zur Seite aus und genossen den Fahrtwind.

5 Erster Ausritt

Mit Gepolter krachten die Fahrräder an die Wand der Scheune. Die Mädchen hatten es eilig. Das war nicht zu überhören. Sofort trottete Gandalf auf den Zaun der Weide zu.

„Das ist er!“ Rosalie strahlte vor Stolz und zeigte auf den stämmigen Noriker. Der hob seinen Kopf, als wüsste er genau, dass von ihm die Rede war. Nala hielt ihm die Hand unter die Nüstern, um sich beschnuppern zu lassen. Wie lange hatte sie nicht mehr den warmen Atem eines Pferdes gespürt! Es kam ihr ewig vor, obwohl seit den Ferien in Frankreich erst ein paar Wochen vergangen waren. Schlagartig überkam sie die Sehnsucht nach Lilou, der zarten, weißen Araberstute. Wie es ihr wohl ging? Nala nahm sich fest vor, am Abend Greta anzurufen.

Etwas Merkwürdiges geschah. Ein Bild zuckte vor Nalas innerem Auge auf. Ihr Herzenspferd wirkte verängstigt und traurig. Sternenträumerin wurde unruhig. Wie eine eiserne Faust umklammerte sie auf einmal eine unbestimmte Angst. Schnaubend drehte Gandalf seine Nase zur Seite und wieherte gereizt.

„Was ist los?“, fragte Rosalie erstaunt. „Er reagiert komisch auf dich. Zuerst war er neugierig und offen. Und jetzt?“

„Ich fühle mich total seltsam und bin durcheinander, denn mir ist gerade Lilou erschienen. Es war wie eine Vision. Irgendetwas bedroht sie. Ich muss sofort im Gestüt anrufen“, antwortete Nala.

„Dort gibt es keinen Handy-Empfang. Erinnerst du dich nicht?

Beruhige dich, wenn etwas Schlimmes passiert, ruft Emanuel sicher bei dir an. Können wir endlich ausreiten? Ich versteh ja, dass Lilou dir fehlt. Aber hier müssen wir mit dem wunderbaren, supergenialen, herzallerliebsten Gandalf vorliebnehmen." Rosalies ironische Art schlug in Krisen immer durch. Wortgewandt versuchte sie, jede schwierige Situation aufzulockern.

„Und wie sollen wir mit nur einem einzigen Pferd ausreiten?" Nala ließ sich nur widerwillig ablenken. Zögernd stieg sie auf den Vorschlag Rosalies ein.

„Na, wir setzen uns eben zu zweit drauf! Schau dir den Riesen einmal genau an! Gandalf kann Baumstämme aus dem Wald holen und Kutschen ziehen. Was glaubst du, wie mühelos mein Großer uns beide trägt?"

„Stimmt!" Lächelnd streichelte Nala dem mächtigen Noriker über den Hals. Seine Nähe tröstete sie. Der robuste, warme Körper gab ihr gerade so viel Halt, dass sie die Sorgen und das bedrohliche Bild von Lilou verdrängen konnte. „Hat denn die Besitzerin Gandalfs nichts dagegen?"

„Ach was, die kennt mich lange genug und wir verstehen uns sehr gut. Sie besteht nur darauf, dass ich stets mit Helm reite, das ist das Einzige, das ihr wichtig ist. Im Moment ist sie aus Zeitmangel kaum im Stall. Der Große und ich, wir haben so einige Schwierigkeiten miteinander gemeistert. Erst durch das Training mit mir ist er ein so spitzenmäßiges Reitpferd geworden", prahlte Rosalie. Nach einer kurzen Nachdenkpause ergänzte sie etwas kleinlauter: „Na ja, wahrscheinlich ist ER eher MEIN Trainer, wenn ich ehrlich bin."

Am Brunnen hielten sie an. Die beiden Mädchen rutschten vom Pferderücken. Nala strahlte übers ganze Gesicht. War das schön! Ohne Sattel zu zweit auf diesem gelassenen Kaltblut durch den Wald zu bummeln, hatte sich großartig angefühlt.

Sie schüttelte ihre Beine aus: „Oh je, Gandalf, dein Rücken ist sooo breit. Ich muss fast einen Spagat machen, um auf dir zu sitzen." Steif stakste sie herum. „Du bist das gewohnt, oder?", fragte sie Rosalie.

„Keine Ahnung was du hast. Mir geht's prima", grinste die ihr entgegen. Schließlich war sie topfit und beweglich.

„Dort am Brunnen ist die Stelle, wo Gandalf ins Unterholz abgebogen ist."

„Hier zweigt ein Pfad ab? Wo denn?", wollte Nala wissen.

Rosalie bog die Büsche ein wenig zur Seite. Ein schmaler Trampelpfad wurde sichtbar. „Stell dir vor, wie eng das für uns ist? Gandalf zwängte und quetschte sich hier den Berg hinauf. Komisch, oder?"

„Sollen wir?", fragte Nala.

„Was?", entgegnete ihre Freundin.

„Na den Weg erforschen! Hier ist ein Hexenbrunnen. Wir sind die Hexenschwestern. Klingelt's?" Sternenträumerin strotzte vor Abenteuerlaune. Ihre Neugier hatte über die Angst gesiegt. Hexenschwester, das Wort erinnerte Nala an ihre gemeinsamen Ferien, als die beiden Mädchen im Gewitterregen getanzt und damit ihre Freundschaft besiegelt hatten. Im strömenden Regen waren sie in Pfützen gesprungen, dass es nur so spritzte. Auf diese Weise trotzten sie der Witterung und den gemeinen Angriffen, denen Nala ausgesetzt gewesen war. Damals nannten sie sich zum ersten Mal Hexenschwestern und hofften, dass sie alle Schwierigkeiten gemeinsam überwinden könnten. Und genau diese Hoffnung, dieser Kampfgeist, wurde nun wieder geweckt, als ob „Hexenschwester“ ein Zauberwort wäre, um in die Vergangenheit zu reisen und zur damaligen Kraft zurückzufinden.

„Du warst nicht dabei, als Gandalf Schiss gekriegt hat. Er ist wie ein Wahnsinniger zurückgeprescht. Keine Ahnung, ob wir beide oben sitzen bleiben, wenn er umdreht und wieder nach Hause rennt. Ich hab noch immer Schrammen an Armen und Beinen.“

„Ausprobieren! Sonst wissen wir es nie“, wagte Nala sich vor.

„Wieso hast du es so eilig?“, fragte Rosalie.

„Auch wenn ich mich inzwischen eingekriegt habe, mache ich mir Sorgen um Lilou. Falls das der Weg zu einem Steinkreis ist, muss ich es herausfinden. Der Pfad ist ziemlich zugewachsen. Niemand geht da entlang. Die Chancen sind groß, dass in diesem unwegsamen Gelände ein vergessener, magischer Ort versteckt ist. Meinst du nicht?“ Unsicher sah Nala ihre rothaarige Freundin an.

Rosalie zuckte mit den Schultern: „Okay! Gandalf darf aber mitbestimmen! Auf keinen Fall werde ich ihn auf diesen Weg zwingen. Wir sitzen wieder auf und lassen ihn entscheiden, in welche Richtung er will. Er könnte einfach auf dem breiten Weg weiterlaufen, sich umdrehen und nach Hause trotten oder uns ins Abenteuer führen.“

„Gute Idee! Das machen wir. Ich bin auch dafür, dass Gandalf die Route wählt“, fand Nala.

Rosalie, die als Kind in der Voltigiergruppe Karwendel gelernt hatte, ohne Steigbügel aufs Pferd zu springen, war mit einem geschmeidigen Satz auf dem Rücken ihres Gefährten gelandet. Sternenträumerin benutzte den Brunnen als Aufstiegshilfe.

„Kraaah, kraaaah!“ Laut krächzend meldete Tendo sich zu Wort. Er flatterte hoch am Himmel, direkt über ihnen und wartete ab. Suchend drehte das Pferd seine Ohren. Der durchdringende Klang der Rabenstimme ertönte abermals.

Gespannt hielten die beiden Reiterinnen den Atem an. Für welche Richtung würde sich Gandalf entscheiden?

6 Hagazussa

Die Blätter am Boden raschelten, als die riesigen Hufe des Norikers auf den schmalen Pfad traten. Rosalie ließ die Zügel lang, dass Gandalf selbst seinen Weg wählen konnte.

„Erinnere dich, was Blaue Feder gesagt hat. Der Wunsch in unseren Herzen muss klar und stark sein. Unsere innere Absicht verbindet sich dann mit der Absicht des Pferdes und verschmilzt damit. Nur so wird Gandalf zum Ziel finden", hauchte Nala ihrer Hexenschwester zu. Vor Aufregung wagte sie es kaum, laut zu sprechen.

Rosalie antwortete ebenfalls im Flüsterton: „Sprich den Wunsch deutlich aus. Es ist gut, das Gleiche zu wollen. Schließlich sitzen wir gemeinsam auf nur einem Pferderücken!" Langsam wurde ihre Stimme kräftiger und glucksend: „Das wäre ein Spektakel, wenn Gandalfs Vorderteil mit mir nach links ginge, und das Hinterteil mit dir nach rechts!" Inzwischen prustete Rosalie vor Vergnügen.

„Du kannst niemals ernst bleiben!" Halb mahnend, halb belustigt regte Sternenträumerin sich auf.

„Das ist unmöglich. Sorry, aber das geht einfach nicht!", quietschte Rosalie vor Vergnügen auf. Nala ließ sich von dem Lachen schließlich doch anstecken und kicherte mit. Danach löste sich ihr Atem und wurde ruhig. Der Scherz von der Freundin kam genau zur rechten Zeit. Ihr sonst so gelassenes Reitpferd hatte sich nämlich etwas verkrampft. Nun, nachdem die beiden Reiterinnen locker auf Gandalfs Rücken saßen, schritt auch er tiefenentspannt durch die Büsche.

Nala nahm den Faden ihres Gespräches wieder auf, um sicherzustellen, dass sie einen Ort des Träumens fanden: „Wir möchten einen heiligen Steinkreis entdecken und uns mit Blauer Feder treffen."

Leise ergänzte Rosalie: „... und Wolfsherz will ich auch unbedingt wiedersehen..." Nala, die dicht hinter ihrer Freundin auf dem Pferderücken saß, blies deren roten Locken aus ihrem Gesicht, denn sie kitzelten auf der Wange. „Du wirst mit ihm zusammen sein. Das spüre ich."

Inzwischen waren sie zu fünft unterwegs. Sternenträumerin und Feuerwolf ritten auf Gandalf. Tendo flatterte von Ast zu Ast, verfolgt von einem rotbraunen, flinken Tier.

„Schau, das süße Eichhörnchen!", rief Nala und zeigte in Richtung der Tannen, an denen sie sich vorbeidrückten. „Tendo hat einen Freund gefunden!", freute sie sich. „Sieh nur, wie federnd es springt! Es fliegt beinahe!"

Rosalie wünschte sich: „Das ist dann wohl hoffentlich MEIN lebendiger, echter Tierverbündeter. Du hast seit dem Sommer deinen schlauen Rabenfreund und ich bin noch immer allein."

„Wie heißt du denn, du kleiner Springteufel?“, fragte sie das zarte Tier, das federnd zwischen den Bäumen umherhüpfte.

„Das Eichhörnchen kann doch nicht sprechen, wie Tendo!“, schüttelte Nala den Kopf.

„Ich werde deinen Namen schon irgendwie rauskriegen...“, Rosalie lächelte dem possierlichen Tier zu. „Bleib bei uns, ja?“

„Ist es bloßer Zufall, dass das hübsche Wollknäuel ihnen folgte, oder könnte es wirklich mein Medizintier sein?“, dachte Feuerwolf.

Während sie weiterritten, flog das Eichhörnchen von Baum zu Baum und ließ Rosalie dabei nicht aus den Augen.

„Stopp! Schau, hier liegt der Ast, der beim letzten Mal hinter uns zu Boden gekracht ist“, warnte das rothaarige Mädchen.

„Nicht stehen bleiben! Wir haben uns entschieden, dass Gandalf den Weg bestimmt. Wenn er weitergeht, tun wir das auch.“ Nala wünschte sich unbändig, dass das Pferd einfach über das Hindernis steigen würde.

„Er müsste einen kleinen Sprung machen! Bist du sicher, dass du oben sitzen bleibst?“, wollte Feuerwolf wissen. Die Frage erübrigte sich in diesem Moment bereits. Mit einem eleganten Hopser, den man dem schweren Kaltblut kaum zutraute, sprang Gandalf über das Hindernis. Die beiden Reiterinnen saßen noch immer erstaunt auf seinem Rücken.

„Boah, du springst wie eine Elfe! Wahnsinn!“ Rosalie kraulte das Pferd zärtlich am Widerrist.

Eines war den Mädchen jedoch nicht klar. Der Sprung hatte sie in eine andere Wirklichkeit katapultiert. Unbedarft ritten sie den Pfad entlang. Wie aus dem Nichts tauchten plötzlich Schatten und flimmernde Gestalten auf. Unheimliche Klänge ertönten. Gandalf erstarrte, und selbst die Vögel hörten auf zu singen. Überwältigt von den furchteinflößenden Vorgängen zog sich Nalas Herz zusammen. Rosalie, die normalerweise stets einen Scherz auf den Lippen hatte, blieb stumm. Sogar Tendo legte den Kopf schief und hielt seinen Schnabel. Alle warteten ab. Nur ihr Atem und das gespenstische Wispern und Zischen waren zu vernehmen. Eine gefühlte Ewigkeit lang wagte es niemand, sich zu bewegen. Irrlichter tanzten durch die Luft und verformten die Baumrinden zu seltsamen Wesen. Atemlos sahen sie zu und ließen sich von ihrer Angst lähmen.

„Plumps! Raschel!" Das rotbraune Eichhörnchen sprang los und fegte mit erhobenem Schwanz durch die Blätter. Es hüpfte direkt auf eine Gestalt zu, die niemand von ihnen zuvor bemerkt hatte. Da stand wie angewurzelt eine ältere Frau mit weißem, gezopftem Haarkranz. Sie trug Bergschuhe und eine blaue Schürze, die mit Edelweißblüten bestickt war. Auf ihrem gebeugten Arm hing ein Korb, gefüllt mit Kräutern und Pilzen. In der anderen Hand hielt sie einen Holzstock, mit allerlei Federn und seltsamen Amuletten geschmückt. Ihr freundliches, faltiges Gesicht und die leuchtenden, blauen Augen blickten den Mädchen erwartungsvoll entgegen.

„Habt ihr euch also doch getraut!" Mit diesem Satz begrüßte sie die jungen Medizinlehrlinge. „Ich warte schon eine ganze Weile. Die meisten Wanderer sind umgekehrt. Sie fürchten sich zu sehr, um durch das Tor zu treten. Das tapfere Pferd hat euch hierher geführt, nicht?" Dem Eichhörnchen, das sich flugs in den Korb gesetzt hatte, strich sie sanft übers Fell. „Fini, lass die Schwammerl in Ruhe! Du kannst dir deine Nüsse selber sammeln", sagte sie streng, aber liebevoll. Die Kräuterfrau setzte sich auf einen abgeschnittenen Baumstumpf und seufzte ein wenig. „Nun, was sucht ihr denn hier?"

Nala nahm all ihren Mut zusammen. „Wir suchen einen magischen Ort. Wahrscheinlich ist es ein Steinkreis. Wissen Sie, wo es so etwas gibt?"

„Ich bin die Griseldis und kenn' mich aus in der Gegend, sagt man jedenfalls."

Rosalie konnte sich nicht mehr zurückhalten und platzte mit ihrem Anliegen heraus: „Wir müssen unbedingt unsere Lehrerin Blaue Feder finden und Wolfsherz und die Mustangs und vielleicht ist ja auch Emanuel im Steinkreis und...", irgendwann ging ihr bei dem langen Satz die Luft aus.

Tendo schwebte auf Nalas Schulter und setze sich. Griseldis hob ihren Blick und ließ ihn über Nala und ihr Schutztier gleiten. Fini, das Eichhörnchen hüpfte aus seinem Korb. Mit anmutigen Bewegungen sprang es zwischen den Ohren des erstaunten Gandalf hindurch und kletterte durch die Mähne nach hinten zu Rosalie. Sie sahen fast aus wie die Bremer Stadtmusikanten: ein Pferd, darauf zwei Mädchen, eins mit einem Rabenvogel auf der Schulter, eins mit einem Eichhörnchen.

Bei diesem Anblick schmunzelte die Frau und stellte fest: „Sternenträumerin und Feuerwolf, dann seid ihr es also wirklich. Die Prophezeiung ist wahr!"

„Gehörst du zur geheimen Medizingesellschaft der Zopfmenschen?", fragte Nala wissbegierig.

„Ja, deshalb weiß ich von euch. Ich bin eine Hagazussa, eine Zaunreiterin. Hier in den Alpen nennt man uns meist Hexen. Ich sitze also am HAAG, das ist ein ursprüngliches, fast vergessenes Wort für Zaun. Hier sieht man nicht nur eine Seite der Welt. Sich vorzustellen, es gibt eine einzige Wahrheit, ist eine Falle. Wie ihr wisst, gehören nicht nur Schamanen zur Gruppe. Hexen sind Heilkundige, die sich mit Pflanzenmedizin und allerlei anderem Zauber auskennen. Wir Zopfmenschen sind Bewahrer von altem Wissen aus verschiedenen Traditionen auf dem ganzen Planeten und haben seit langer Zeit erkannt, dass es keine bessere oder schlechtere Kultur gibt. Es geht uns um die Heilung von Menschen, Tieren und Pflanzen auf dieser Erde. Blaue Feder ist mit Tiermedizin vertraut und versteht deren Sprache. Sie liest Gedanken und kennt unsere Fragen, bevor uns selbst klar ist, was wir wissen wollen. Meine Medizin ist die Kräuterkunde. Ich kenne die Heilkraft der Pflanzen. Heute habe ich, außer den Pilzen, zum Beispiel Arnika, Beinwell und Johanniskraut bei mir. Jeder und jede Einzelne der Zopfmenschen trägt mit speziellen Fähigkeiten dazu bei, dass wir glücklicher und weiser werden. Wir lehren Respekt vor allem, was lebendig ist. Ein tiefes Verständnis vom Träumen und Heilen erreichen wir nur, wenn wir voneinander lernen. Die Jungen von den Alten und umgekehrt, die Alten von den Jungen. Deshalb, seid willkommen!"

Rosalie und Nala waren still geworden. Die Worte der Hagazussa Griseldis erinnerten sie an die tiefe Verbundenheit und die innere Ruhe, wie sie im Steinkreis zu spüren war. Auch in innigen Momenten der Verbindung mit den Pferden gab es diese Art von Einssein. Iyuptala (ee-yoo-P'TAH-lah), so nannte es das Volk der Lakota. Das hatte sie Blaue Feder gelehrt. Es gehörte zum größten Glück, dass man diese intensiven Augenblicke der Stille empfinden konnte. Nichts anderes war mehr wichtig, wenn das Gefühl von Einssein entstand.

„Dann gehen wir doch gleich zum Steinkreis, los?" Nala drängte zum Aufbruch.

Griseldis blickte sie ruhig an, lächelte und fragte: „Die wispernden und zischenden Schatten und Irrlichter hast du aber schon bemerkt, oder?"

Das Mädchen nickte.

Die alte Zauberin fuhr fort: „Wie jeder magische Ort ist dieser Steinkreis in Tirol einzigartig. Rosalie hat im Sommer den richtigen Zeitpunkt abwarten müssen, um einzutreten. Damals war der Vollmond notwendig dafür, dass sich für Feuerwolf das Portal in die Anderswelt geöffnet hat. Es gibt verschiedene Tore und ihre Hüter, um einen heiligen Ort zu bewachen. Hier existieren Hüterinnen des Raumes und der Zeit. Zu mir, in diesen Raum, seid ihr durch das Tor des Sprunges gekommen. Die Spiegelungen der Ängste, das sind die Schatten und Irrlichter, verschwinden, sobald die Zeit reif ist."

7 Eichhörnchen

An diesem Abend lümmelten die beiden Hexenschwestern bequem auf dem breiten Himmelbett in ihrem gemeinsamen Zimmer.

„Außer deinen Stiften und Zeichenblöcken hast du doch wohl auch das Buch mitgebracht?", fragte Rosalie.

„Ich hab jede Menge Bücher dabei." Nala wusste genau, welches geheimnisvolle Nachschlagewerk ihre Freundin meinte und zwinkerte ihr zu.

„Was frag ich auch so blöd?" Feuerwolf knuffte ihrer Medizinschwester in den Arm.

„Ich ahnte gar nicht, dass du derart romantisch bist", feixte Nala und zeigte auf den weichen Stoff des Baldachins, der sich über das Bett spannte.

„Als kleines Mädchen habe ich mir gewünscht, dass ein Sternendach meinen Schlaf bewacht, und ich finde das immer noch genial. Damals hat mir Papa dieses tolle Himmelbett gebaut. Ich war so glücklich. Heute bin ich natürlich viiiiel cooler", erklärte Rosalie.

„Jetzt sehe ich sie auch, die winzigen, silbernen Sterne auf dem Himmelszelt, zu denen du vor dem Einschlafen hinaufschaust", bemerkte Sternenträumerin.

„Normalerweise ist das eher dein Ding, oder?", zog die temperamentvolle Rosalie ihre Freundin auf. „Aber genauso wie du, habe auch ich eine träumerische Seite. Deine wilde und entschlossene Kraft hat sich erst vor Kurzem in Südfrankreich entwickelt. Sonst würden wir uns vielleicht gar nicht so gut verstehen. Und jetzt her mit dem roten Buch!", forderte die rothaarige Hexenschwester.

Nala zog endlich das alte Werk aus ihrem Rucksack. In den Sommerferien hatten sie darin gelesen und wie von Zauberhand waren ihre Medizinnamen, als Widmung auf der ersten, leeren Seite erschienen. Seither gehörte ihnen das mysteriöse Buch gemeinsam. Das hatten sie jedenfalls beschlossen. Sternenträumerin und Feuerwolf lehnten sich zurück und widmeten sich genüsslich der Lektüre.

KRAFTTIERE UND IHRE BEDEUTUNG IN DER MYTHOLOGIE

DAS EICHHÖRNCHEN

IN DER NORDISCHEN MYTHOLOGIE LEBT DAS ROTE EICHHÖRNCHEN RATATÖSKR IN DEN ZWEIGEN DES WELTENBAUMS YGGDRASIL. ES HAT DIE FÄHIGKEIT, ZWISCHEN DEN VERSCHIEDENEN WELTEN KINDERLEICHT HIN- UND HERZUSPRINGEN. WIE ALLE ROTEN TIERE IST RATATÖSKR DEM DONNERGOTT THOR GEWEIHT.

„Ratatöskr? Wie spricht man DAS denn aus?", staunte Rosalie. „Ich bin bloß froh, dass mein Eichhörnchen Fini heißt. Ratatöskr bringe ich, wenn's schnell gehen muss, sicher nicht fließend über die

Lippen." Das Mädchen war überglücklich. Die Beschreibung ihres Medizintieres gefiel ihr. Besonders die Zugehörigkeit zum Donnergott Thor fand sie aufregend.

Nala sagte begeistert: „Stell dir das einmal vor! Das Eichhörnchen lebt im Weltenbaum Yggdrasil. Das ist ein Zauberbaum, wie die alte Eiche! Vielleicht kann Fini durch die Kronen, Blätter oder Wurzeln der mystischen Bäume von einer Welt in die andere hüpfen. Es würde mich nicht wundern, dass so etwas möglich ist."

Rosalie sprach weiter: „Wieder hat sich ein rotbraunes Tier mit mir verbunden. Denk an Tanzendes Feuer, mein Pferd in der magischen Dimension! Sie ist eine Fuchsstute. Auch Gandalf schimmert rötlich. Wenn ich noch Zweifel hätte, ob Fini wirklich zu mir gehört, verschwinden sie bei jedem Wort aus diesem Buch mehr und mehr."
Interessiert lasen die Hexenschwestern weiter:

DIE GEWANDTEN WALDBEWOHNER SIND WAGEMUTIGE KLETTERER UND FLIEGEN REGELRECHT VON BAUM ZU BAUM. VORAUSSCHAUEND SAMMELN SIE NAHRUNG FÜR DIE ENTBEHRUNGSREICHE WINTERZEIT UND VERGRABEN IHREN VORRAT. DAS KLEINE TIER KNACKT DIE HÄRTESTEN NÜSSE. DAS BEDEUTET, DASS DIE MENSCHEN, DIE MIT IHM VERBUNDEN SIND, SELBST DIESE FÄHIGKEIT HABEN UND SIE AUCH BRAUCHEN WERDEN. RÄTSEL BEGLEITEN SIE AUF IHREM WEG. DAS KRAFTTIER EICHHÖRNCHEN IST EIN LIEBENSWERTER SEELENPARTNER UND SPIEGELT DEN SANFTEN INNEREN ANTEIL DES WESENS.

„Tok, tok, tok". Es klopfte ans Fenster. Die Mädchen sprangen gleichzeitig auf und flogen beinahe durchs Zimmer.

„Das ist Tendo!... und Fini!", riefen sie. Die beiden Tierverbündeten saßen einträchtig am Fensterbrett. Als die Freundinnen die Fensterflügel aufrissen, flüchtete das scheue Eichhörnchen und kletterte flink die Hausmauer entlang nach oben.

„Psst, langsam!", zischte Rosalie. „Fini ist nicht an uns gewöhnt. Sie ist schüchterner als der freche Rabe."

Der saß schon auf einer hohen Stange des Himmelbettes. Wie in Frankreich suchte sich der Vogel einen Platz, wo er den Überblick behielt. Nala hatte das verschlissene Buch gefunden, als Tendo in ihr Leben gekommen war. Im Kapitel über Raben erfuhr sie, dass diese schwarzen Gesellen Magie und Zauberei mit sich brachten, Götterboten waren und zuständig für das Hüten der magischen Gesetze. Als Gestaltwandler und Stimmkünstler verwandelten sie sich mit Leichtigkeit. Das berichteten jedenfalls die alten Märchen und Mythen. Außerdem schlossen sich Raben oft Wolfsrudeln an. Und ein Wolf war das Krafttier von Rosalie. Man konnte mehrere Tierverbündete um sich versammeln. Manche davon begleiten die Menschen, die sie beschützen als energetische Unterstützer. Andere Medizintiere werden auch in der Alltagswelt sichtbar. Feuerwolf wünschte sich innigst, dass sie, wie ihre Freundin, ein solches Krafttier begleitete. Jetzt war es so weit. Na ja, fast! Denn noch tanzte Fini die Hausmauer hinauf und hinunter.

„Komm her, meine Süße", lockte Rosalie mit weicher, einschmeichelnder Stimme.

Und tatsächlich, nach sanftem Bitten näherte sich das rotbraune Tier dem Fensterbrett und sprang behände vom Regal zum Schreibtisch, verharrte kurz auf der Gardinenstange und landete im

Himmelbett. Dort warteten die Mädchen. Nala hielt das Buch in der Hand, aber Rosalies Arme boten Platz für Fini. Das Eichhörnchen schnupperte mit seinem winzigen Näschen, der Schweif peitschte unschlüssig von rechts nach links, bevor es sich neben ihr zusammenrollte. Vorsichtig streichelte Feuerwolf das unglaublich weiche Fell. Mit den Fingern konnte sie jeden Atemzug von Fini, ihrer neuen Freundin, fühlen. Welche Abenteuer würden sie wohl miteinander bestehen?

8 Schulbeginn

Wie im Flug vergingen die Tage, die Nala und Rosalie im Stall, im Wald und mit den Pferden verbrachten. Am Montag begann der Unterricht in ihrer neuen Schule. Natürlich waren die Freundinnen ein wenig aufgeregt, als sie im Klassenzimmer ankamen. Kurz entschlossen schnappten sie sich eine gemeinsame Bank, in der Fensterreihe. Hier konnten sie nach draußen sehen und gleichzeitig das Wetter beobachten. Das war wichtig für die Entscheidung, ob oder wo sie am Nachmittag ausreiten würden, und eine willkommene Ablenkung zum Unterricht. Die Tür wurde schwungvoll aufgerissen und ein älterer Lehrer mit Brille und Strickjacke stellte sich vor das Pult.

„Mein Name ist Oskar Krämer. Ich bin euer Schulleiter und zuständig für den Unterricht in den praktischen Fächern. Mir ist klar, dass die meisten von euch sich eine Art Kunst-Hippie-Schule wünschen, in der ihr eure Kreativität auslebt. Das Entwerfen und Zeichnen ist zwar eine Seite des zukünftigen Berufes, zuerst lernt ihr jedoch das Handwerk. Ihr müsst rechnen, planen und sorgfältig sein, sonst wird es gefährlich in der Werkstatt und am Brennofen. Wir sind stolz darauf, dass sich Schülerinnen und Schüler aus der ganzen Welt bei uns bewerben. Ihr habt es durch das Aufnahmeverfahren bis hierher geschafft. Gratulation. Im ersten Jahr hier trennen wir aber vor allem die Spreu vom Weizen. Verstanden?“

Ein stummes Nicken ging durch die Klasse.

„Nur weil ihr aufgenommen wurdet, könnt ihr es euch hier nicht bequem machen. Künstler oder Künstlerinnen seid ihr erst, wenn die letzte Prüfung absolviert ist. Davor heißt es üben, üben und nochmals üben. Ihr lernt, bis eure Köpfe mehr rauchen als die Brennöfen für das Glas."

„Das klingt überhaupt nicht lustig", bemerkte Nala. Die beiden Freundinnen sahen sich bedrückt an.

Herr Krämers Vortrag ging sofort weiter: „Keine Angst, ich beiße nicht. Die Erfahrung hat uns gezeigt, dass phantasievolle Menschen wie ihr vor allem Disziplin brauchen, um Ideen umzusetzen. Wir wollen nämlich, dass die schönen Entwürfe nicht bloß in euren Köpfen herumgeistern, sondern konkret werden. So, und jetzt die Klassenliste! Ich rufe euch einzeln auf."

Nach ein paar Aufrufen von Mitschülern trompetete er in einem militärischen, forschen Tonfall: „Krahbichler Nathalie?"

„Hier!", erwiderte Nala, deren offizieller Name eigentlich Nathalie war. Ihr kleiner Bruder konnte das komplizierte Wort nicht aussprechen und kürzte es einfach ab. Nala gefiel allen gut und so blieb dieser Spitzname erhalten. „Das geht ja gut los", dachte sie. „Allzu freundlich scheint der Klassenlehrer nicht zu sein."

„Ledermaier Vinzenz?" „Ist da", ein mit Sommersprossen übersätes Gesicht grinste dem Lehrer keck entgegen.

„Lundström Ilvy!", eine Schülerin mit weißblonden, raspelkurzen Haaren hob die Hand. „Bin hier", sagte sie mit einem süßen, nordischen Akzent.

„Puri Malini?", las der Lehrer etwas stockend vor. „Here", antwortete das hübsche, asiatisch aussehendes Mädchen unsicher.

„Die beiden sind sicher durch das internationale Programm in die Schule gekommen", vermutete Nala. „Ich finde es toll, dass so viele verschiedene Menschen hier sind."

„Sonnhofer Rosalie?" „Hier!"

Insgesamt wurden 21 Schülerinnen und Schüler aufgerufen. Anschließend folgte eine Führung durch das gesamte Gebäude. Außer den Klassenräumen gab es verschiedene Werkstätten. Die Wände waren gepflastert mit den fantastischsten Entwürfen für Lampen, Gläser oder Kunstwerke in leuchtenden Farben. Beeindruckt zogen die Neuen durch die Gänge.

„Wow, die Skizzen sind super!", fand Rosalie.

„Ich freu mich darauf, loszulegen", sagte Nala. „Selbst wenn der Direktor uns zuerst nur Disziplin beibringen will. Ätzend."

Feuerwolf ergänzte: „Hoffentlich ist er nicht total humorlos. Im Dorf hat er den Ruf zwar sehr streng, aber gerecht zu sein."

„Diese Schule ist mein absoluter Traum. Das lass ich mir doch nicht gleich von einem unfreundlichen Lehrer vermiesen. Die anderen scheinen recht nett zu sein." Nala blickte sich um. Sie hatte schlechte Erfahrungen mit ihren früheren Mitschülern gemacht. Aber seit dem letzten Sommer hatte sich einiges geändert und dieser bunte, internationale Haufen wirkte spannend und freundlich. Außerdem gab es hier Rosalie. Gemeinsam mit ihrer Freundin fühlte Nala sich viel stärker. Als Herr Krämer die Tür zur Werkstatt der modernen Glasbläserei aufstieß, staunten die beiden Mädchen. Hitze schlug ihnen aus den Brennöfen entgegen. Schleifgeräte wurden von älteren Schülern bedient und lärmten. Auf den Regalen standen Glaskunstwerke. Die Atmosphäre war so lange locker und freundschaftlich, bis Oskar Krämer den Raum betrat. Die rundliche Lehrerin im weißen Arbeitsmantel grüßte ihn förmlich. Man hatte das

Gefühl, dass sogar sie die Luft anhielt, bei der Begegnung mit dem Direktor. Die Bewegungen der vor sich hin werkelnden Jugendlichen, wirkten nun angespannt und linkisch. Dieser Lehrer lähmte alles.

„Hast du es auch bemerkt?", fragte Nala und zog die Schultern hoch. Es war, als würde die Wärme aus ihrem Körper gezogen.

„Klar, das ist irgendwie unheimlich." Rosalie schaute besorgt. „Was ist mit dir?"

„Ich weiß nicht. Bisher habe ich mich nie vor einem Lehrer gefürchtet." Nala war selbst erstaunt, dass sie sich von der Stimmung derart mitreißen ließ. Zurück im Klassenzimmer durften sie ihre Skizzenblöcke und Graphitstifte herausholen. Die Aufgabe war, das verkündete Herr Krämer, ein Fabeltier zu zeichnen. Es sollte später die Vorlage für eine Arbeit in Glas sein. Man nannte die Technik „fusing". Dabei wurden Formen aus Glasplatten geschnitten, verschiedenfarbige Teile übereinandergelegt, gebrannt und somit verschmolzen. Hängte man das fertige Glasbild zum Beispiel vor ein Fenster, leuchtete es durch die Sonnenstrahlen, die es durchdrangen. Aufregend, es sollte die Rohskizze für ihr erstes Kunstwerk werden!

„Dann lasst mich einmal eure Idee sehen...", in fast drohendem Tonfall forderte Herr Krämer sie auf, ein paar Entwürfe zu Papier zu bringen. Nalas Hand war jedoch wie versteinert. Ihr Gehirn fühlte sich schwammig und leer an. Rosalie beugte sich über ihr Zeichenpapier und legte los. Wie durch einen Schleier sah Sternenträumerin zu, wie ihre Freundin die Stifte benutzte. Sie zog kräftige Striche, schraffierte Licht und Schatten, während Nala Löcher in die Luft starrte.

„Was ist los mit dir?", wisperte Rosalie ihr zu. „Du siehst aus, als hättest du ein Gespenst gesehen."

„Ich versuch zu zeichnen, aber mir fällt absolut nichts ein. Nun bin ich endlich hier, am Ziel meiner Träume, und versage kläglich."

Verzweifelt blickte Nala auf das weiße Blatt Papier, das vor ihr lag. Bevor sie ganz aufhörte zu atmen, musste sie etwas unternehmen. Was könnte ihr nur die Kraft, den Mut und die Lebensfreude zurückbringen, die sie in der letzten Stunde verloren hatte? Nala schloss die Augen, atmete tief ein. In einer Vision erschien ihr die weiße Araberstute Lilou. Sternenträumerin erinnerte sich daran, wie sie endlich auf dem scheuen Pferd gesessen und mit ihr über die Weide galoppiert war. In Nalas Körper breitete sich ein Gefühl von Heimat aus. Iyuptala, Einssein sein mit Allem. Das gab ihr Mut. Zögernd begann sie mit ein paar unsicheren Bleistiftstrichen. Es half, einfach loszulegen. Das Zeichnen, das Nala so liebte, entspannte das Mädchen. Wie sie es schon oft erlebt hatte, flossen Formen und Schraffierungen aus ihren Fingern. Ein Pegasus entstand. Ein Pferd, das sich mit den Vorderbeinen erhob, um in die Luft zu steigen. Flügel breiteten sich aus. Er war frei. Langsam kehrte wieder ein Lächeln in Nalas Gesicht zurück. Ja, so fühlte sie sich, wenn sie mit einem Blatt Papier und einem Stift in ihre Phantasiewelt eintauchte. Sie vergaß die Welt um sich herum. Sogar den furchteinflößenden Direktor konnte Nala ausblenden. Mit einem zufriedenen Seufzer lehnte sie sich zurück. Sie blinzelte auf das Blatt, das vor Rosalie lag und entdeckte darauf einen Drachen. Die Zeichnung wirkte lebendig und ausdrucksstark. Dieses feurige Fabelwesen war typisch für ihre ungestüme Freundin.

„Hmhmmm!", räusperte sich Herr Krämer und blickte den beiden Mädchen über die Schulter. „Da habt ihr ziemlich wilde Tiere aufs Papier gebracht. Ich hoffe, ihr könnt euer Temperament beim Arbeiten in der Werkstatt besser zügeln." Sein Tonfall war ernst aber auch amüsiert. „Fürs Erste sind das gute Entwürfe. Jetzt müsst ihr sie so vereinfachen, dass man durch den Umriss den Charakter eures Fabeltieres erkennt. Und weiter...! Nächster Arbeitsschritt."

„Hoffentlich geht's Lilou gut..." Nala war mit den Gedanken bei ihrem Liebling.

„Am Nachmittag reiten wir los, sonst wirst du noch verrückt", sehnsüchtig schaute Rosalie aus dem Fenster. Flog da nicht Tendo vorbei?

9 Inzwischen in Südfrankreich

Es war eine besondere Gesellschaft, die voller Sorge auf die große, alte Eiche zuging. Greta, die Reitlehrerin und Besitzerin des Gestüts, Emanuel der junge, angehende Pferdewirt, in den Nala sich verliebt hatte, Paul, ein erfahrener Pferdepfleger und Claire. Sie war die Köchin und Hüterin des uralten Steinkreises rund um den Baum. Wie immer trug sie bunte, verrückte Klamotten und das Haar war zu einem wirren Knoten zusammengesteckt. Ihre Frisur ging locker als Vogelnest durch. Nala hatte diesen Kraftplatz unter dem magischen Baum im Sommer in höchster Not entdeckt. So wurde die Flucht vor den anderen Jugendlichen, die ihr einen üblen Streich gespielt hatten, zu ihrem größten Glück. Als Sternenträumerin den Steinkreis betreten hatte und sich in ihrer Verzweiflung unter die Eiche setzte, gelangte sie in eine Zauberwelt. Das Tor in diesen Traumraum wurde jedoch nur für besondere Menschen geöffnet. Für Menschen, die sich ganz auf die andere Wirklichkeit einlassen wollten, die phantasievoll und mutig waren.

„Es ist Zeit, Blaue Feder zu treffen“, sagte Claire. Gemeinsam schritten die vier Bewohner des Gestüts „Zur Großen Eiche“, auf Französisch „Aux Grande Chêne“ über die Lichtung. „Lilou darf nicht zu ihren Besitzern zurück! Sie haben die schöne, weiße Araberstute echt mies behandelt. Nala hat das Pferd mit all ihrer Liebe ins Leben zurückgeholt. Endlich hat es wieder Vertrauen gefasst und jetzt sollen wir es einfach in den Hänger laden und seinem Schicksal überlassen? Diese gefühllosen Menschen fordern, dass Lilou bei Distanzrennen mitläuft und Preisgelder gewinnt. Nicht mit mir!“

Gretas zornige Schritte wurden immer länger. Die groß gewachsenen Reitlehrerin ging eilig auf den Steinkreis zu. Dabei wippte ihr dunkler, dicker Zopf, der bis fast zur Hüfte baumelte, wild hin und her. „Nein! So geht das wirklich nicht! Zuerst schicken sie uns ein verstörtes, verschrecktes Pferd, und sobald seine seelischen Wunden anfangen zu heilen, wollen die Besitzer es als Sportpferd verheizen. Lilou ist einfach nicht dafür gemacht! Und selbst wenn, bräuchte die Stute viel mehr Zeit, um wieder zu Kräften zu kommen und sich zu erholen. Blauer Feder fällt hoffentlich eine Möglichkeit ein, wie wir dieses wundervolle Tier hierbehalten können."

Kopfschüttelnd schritt Paul, der alte Pferdepfleger, neben Greta her. Seinen Strohhut schob er nachdenklich in den Nacken und runzelte die Stirn. Er machte nie viele Worte um ein Problem. Umso entschlossener setzte er sich für die Lösung ein.

Am Rand des Steinkreises blieb die Reitlehrerin stehen. Sie wartete, bis die ganze Gruppe sich vor den beiden größeren Felsbrocken versammelten, die wie ein Tor wirkten.

Emanuel war aufgeregt. Zum ersten Mal reiste er mit den erwachsenen Mitgliedern der Zopfmenschen in die Zauberwelt. Alle kannten die Regeln, um dorthin zu gelangen.

Bewusst und achtsam in den Steinkreis treten.

Mit der Natur vollkommen verschmelzen und sich mit allen Sinnen mit der Umgebung verbinden.

Sich auf den Wunsch konzentrieren, Blaue Feder zu treffen.

Den Rücken an den starken Stamm gelehnt, ließen sich die erfahrenen Träumer nieder. Sie waren darin geübt, sich zu entspannen und in eine tiefe Trance zu versinken. Das Gezwitscher der Vögel, die vorbeiziehenden Wolken, all das wirkte auf magische Weise. Mit ruhigen, langsamen Atemzügen ließen sich die Träumer in die Anderswelt sinken, um eine Antwort auf ihre Frage zu finden. Die Frage: Wie können wir Lilou, die weiße Araberstute, retten?

Blaue Feder erschien am Horizont. Die Schamanin ritt auf der Fuchsstute Tanzendes Feuer über die Lichtung. Die Mustangherde mit Mondlicht, dem gescheckten Mustang, den beiden Fohlen und Wave, der grau-schwarz gepunkteten Stute, folgte. Am Schluss trabte Wolfsherz auf dem Hengst Wakanda. Dieses außergewöhnliche Pferd war schokoladenbraun. Mit seinen unterschiedlichen Augen, eines hellblau und eines dunkelbraun, besaß es die Fähigkeit, gleichzeitig in verschiedene Welten zu schauen.

Greta, Emanuel, Paul und Claire sprangen auf und begrüßten die Medizinfrau und deren Lehrling überschwänglich. Besonders die zwei Jungen strahlten und umarmten sich brüderlich. Doch die Freude auf ihren Gesichtern wich bald besorgten Mienen. Sie sprachen über das Problem mit Lilous Besitzern.

„Wie wir es gelernt haben, beantworten wir Fragen auf unsere eigene Art. Wir erträumen ein Ritual im Medizinrad und lösen Probleme nicht durch bloßes Nachdenken“, erinnerte Blaue Feder ihre Freunde.

Emanuel mischte sich in die Unterhaltung der erfahrenen Zopfmenschen ein, indem er sein Wissen heraussprudelte: „Das Medizinrad, das wir benutzen, besteht aus den vier Himmelsrichtungen. Ihnen ist jeweils ein Element zugeordnet. Im Süden des Rades ist das Wasser, wie zum Beispiel Bäche, Quellen und Meere. Es steht für die Gefühle und das Herz. Man nennt diese Richtung den Fluss des Lebens. Zum Westen hingegen gehört die Erde und alles, was Körper oder Materie ist. Hier geht es um Heilung, unser Zuhause und das, was wir berühren, also angreifen können.“

Claire ergänzte: „Ich als Köchin möchte sagen, dass auch die Nahrung hierher passt. Der Westen ist der Ort, an dem Magie erfahren wird. Auf dem Platz von Großmutter Erde kann sich alles verwandeln, körperliche Heilung ist möglich."

Gleich fügte Greta hinzu: „Im Norden finden wir das Element Luft. Das steht für unseren Geist, die Gedanken, die Philosophie und den Humor. Hier öffnen wir uns für die verrücktesten und deshalb stärksten Ideen. Nichts ist so unaufhaltsam wie eine Idee, deren Zeit gekommen ist."

Paul, der bis jetzt abgewartet hatte, sagte in seiner besonnenen Art: „Das Element Feuer im Osten des Medizinrades unterstützt die spirituelle Seite von uns Menschen, die Vision. Wir fragen hier nach dem Weg unseres Herzens. Dann gehen wir auf das Licht, das am hellsten leuchtet, zu. Was bringt langfristig das größte Glück ins Leben? Starke, klare, wichtige Themen werden im Osten beleuchtet."

„Aber eigentlich gibt es fünf Elemente, denn im Zentrum des Rades befindet sich die geheimnisvolle Leere. In manchen Kulturen wird sie auch Liebe oder Äther genannt. Hier ist der Platz, wo alle Elemente sich begegnen und vermischen können. So werden sie zur Weisheit. Wenn wir das ganze Medizinrad befragt haben, setzen wir hier, in der Mitte, die Antworten zusammen. Das Besondere an der Philosophie des Rades ist, dass die Elemente und somit auch alle Teile des Menschseins gleichwertig auf einem Kreis angeordnet sind. Der Geist des Menschen ist nicht wichtiger als seine Emotionen, sein Körper oder sein Spirit." Es war die Schamanin Blaue Feder, die gesprochen hatte. „Setzt euch in die Himmelsrichtung, die ihr beschrieben habt und lasst uns den Weg der Freiheit für Lilou erträumen.

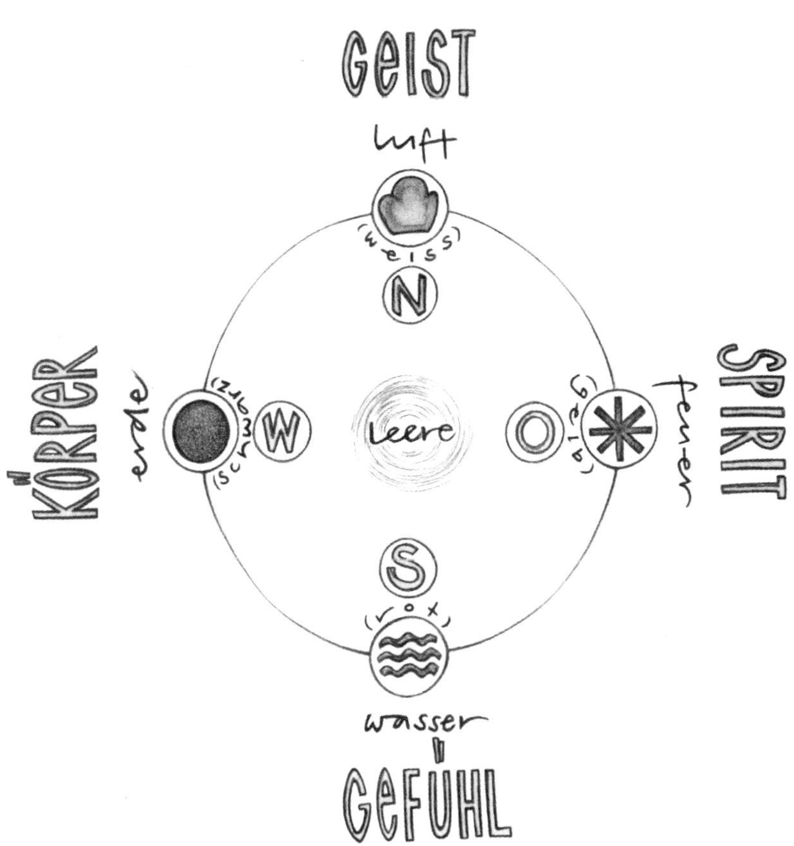
GEIST
luft
(weiss)
N
KÖRPER
erde
(schwarz)
W
Leere
O
(gelb)
feuer
SPIRIT
S
(rot)
wasser
GEFÜHL

10 Ritual

Die Träumer saßen in den vier Himmelsrichtungen des Steinkreises. Blaue Feder hatte sich direkt unter der alten Eiche auf ihre wundervoll gemusterte Satteldecke gesetzt. Wolfsherz blieb bei der Mustangherde und spielte mit den Pferden. Auch das war wichtig. Die Tiere sollten in der Nähe bleiben und dadurch die Zeremonie unterstützen. Ruhig atmend versenkten sich die Träumer in eine meditative Stille. Alle suchten nach der Antwort auf die Frage, wie sie Lilou helfen konnten. Es dauerte eine Weile, bis die ersten Worte ausgesprochen wurden.

Emanuel, der im Süden, am Platz des Wassers, saß, hatte die Vision, wie er mit seinem Medizintier, dem Delfin durch die Wellen schoss. Spielerisch sprang das elegante Tier durch die Luft. Dann tummelte es sich wieder im klaren Blau des Meeres. Emanuel fühlte sich leicht, frei und beweglich.

Er sprach: "Lilou braucht jemand, der mit ihr spielt. Ihr Herz schließt sich, wenn man eine Leistung von ihr verlangt, die sie überfordert. Sie sehnt sich nach Nala. Die hat mit ihr gespielt! Sternenträumerin hat dem Pferd Zeit gelassen. Es konnte wieder vertrauen. Wir müssen einen Weg finden, wie sie zu dem Mädchen, das ihr endlich zugehört hat, kommt. Selbst hier bei uns wird Lilou niemals glücklich." Seine Stimme klang, als käme sie von weit her, aus einem fernen Land, jenseits des Ozeans.

Claire, die im Westen des Medizinrades träumte, murmelte kryptisch: „Eine Botschaft aus der Zukunft taucht auf. Ich sehe die weiße Araberstute. Sie ist verletzt. Ich fühle ihren Schmerz und ihre

Angst. Nicht nur Lilou sehnt sich nach Nala. Es ist auch umgekehrt so. Um zu verstehen, wie Heilung geschieht, braucht das Mädchen ihr Herzenspferd in ihrer Nähe. Sternenträumerin hat eine starke, natürliche Kraft. Sie wird ihren Weg zur Heilerin gehen, wenn wir sie weiter unterrichten und das Pferd zu ihr zu bringen."

Aus dem Norden meldete sich Greta. Sie saß am Platz des Windes und des Geistes. „Das Schwert meines Verstandes kündigt eine Reise an. Ich sehe Nala auf Lilous Rücken über hohe Berge reiten. Die Araberstute braucht ein spezielles Training, um ihre volle Leistung im Distanzreiten zu erbringen. Das wird den Besitzern einleuchten. Das Höhentraining in den Alpen ist die beste Voraussetzung für den Erfolg des Pferdes, vor allem jedoch für seine Erholung und Heilung. Wie die schnellsten Läufer oft aus den Hochländern Afrikas stammen, könnte die sauerstoffreiche Luft in den Bergen das zukünftige Rennpferd zum Sieg führen. Was später passiert, sehe ich nicht mehr klar. Die Bilder verschwimmen..."

Jetzt fehlte noch die Vision aus dem Osten. Dort saß Paul. Seine Art zu träumen war sehr speziell und oft schwer zu verstehen. Wie ein Orakel klang seine Stimme. Sie war tief und rau, fast flüsternd. „Feuer, ich sehe Feuer. Es verletzt und reinigt. Aber es führt auch zum Weg des Herzens. Die beiden müssen durch die Flammen springen und ihre eigene Vision finden." Bisher waren Pauls Botschaften äußerst rätselhaft gewesen und hatten sich stets als wichtiger Schlüssel zur Lösung entpuppt.

Blaue Feder meldete sich aus der Mitte, dem Platz der Leere. Sie hatte alle Bilder auf sich einwirken lassen. Dabei beobachtete die Medizinfrau die Bewegungen eines zierlichen Tieres in der Krone der Eiche. „In den Blättern des Baumes springt ein rotbraunes Eichhörnchen von Ast zu Ast. Es verbindet und vernetzt durch seinen emsigen Tanz die Träume, von denen ihr berichtet habt. Aber vor allem ist es verspielt und flink. Durch das Eichhörnchen als Verbündeten werden Geist und Körper wendiger. Es bereitet auf außergewöhnliche Herausforderungen vor. Dieses Medizintier gehört zur Heilung der beiden."

Eine frische Brise wehte über die Lichtung. Der Wind weckte die Träumer aus ihrer Trance. Die Mähnen der Mustangs flatterten. Das lange Haar von Wolfsherz wurde vom Luftzug zerzaust. Der Medizinlehrling beobachtete die Zeremonie von seinem Platz bei den Pferden. Er spitzte die Ohren bei jedem Satz, der von den Träumern erzählt wurde. Der Junge dachte an Rosalie, das Mädchen mit dem Wolfsgesicht und Nalas beste Freundin. Bei ihrer einzigen Begegnung in der Vollmondnacht hatte er eine tiefe Verbindung gespürt. Waren sie sich so ähnlich durch die Wolfsmedizin? Sehr deutlich hatte auch er Bilder vor den Augen. Der Junge sah Rosalie und Nala, Emanuel und sich bei einem ungestümen, fröhlichen Ritt über einen gewaltigen Bergrücken! Selbst wenn er nicht direkt an dem Ritual beteiligt gewesen war, seine Träume verwebten sich längst mit denen der Träumer im Medizinrad.

Voller Zuversicht lehnte er sich an Wakanda. Die beiden unterschiedlichen Augen des Hengstes wirkten auf ihn nicht beängstigend, wie das für einige andere Menschen war. Wolfsherz wusste, dass es darum ging, zwei Welten zu verbinden. Es gab viel mehr zu entdecken als das Offensichtliche einer Wirklichkeit. Wakanda schnaubte leise und stupste den Jungen an die Wange. Lächelnd stupste er zurück.

11 Waldpfad

Sobald es ihr Stundenplan zuließ, radelten die Mädchen wieder zu ihren Lieblingen in den Stall.

„Ich bin reif wie Schweizer Käse kurz vor dem Ablaufdatum! Ich will endlich den Steinkreis finden. Diesmal werde ich nicht bis zum Vollmond warten, wie in Südfrankreich", lautstark schimpfte Rosalie vor sich hin. Grummelnd fuchtelte sie mit der Mistgabel herum. Um ernsthaft sauber zu machen, war das wenig effektiv.

„Beruhige dich. Du bist ja direkt gefährlich mit deiner Herumstocherei! Womöglich haben die Hüterinnen der Zeit bereits beschlossen, dass wir willkommen sind. Ich kann es kaum abwarten. Was ist nur mit Lilou los? Ich muss das unbedingt wissen. Niemand vom Hof meldet sich. Ich versuche dauernd anzurufen." Nala klang besorgt.

„Komm, wir schwingen uns auf Gandalf und reiten los. Mehr, als auf halbem Weg steckenbleiben wie beim letzten Mal, werden wir hoffentlich nicht."

Bevor sie den Satz zu Ende gesprochen hatte, sauste Rosalie los und holte Reithalfter, Putzzeug und Helm. Nala flitzte hinterher. Gandalf stand bereit. Der zuverlässige fuchsfarbene Noriker mit blonder Mähne ruhte in sich. Ohne ein Zucken duldete er, dass die Hexenschwestern sein Fell mehr abstaubten, als es zu putzen. Sie hatten es eilig. Das war auch ihm klar. Auf seinem breiten Rükken trug der Riese Sternenträumerin und Feuerwolf in die gewohnte Richtung zum Hexenbrunnen. Heute war es überraschend heiß.

Der Sommer hatte sich noch nicht ganz verabschiedet. Die Sonnenstrahlen funkelten zwischen den Ästen und ließen Staubflocken und Spinnenfäden im Gegenlicht glänzen. Der Waldboden roch erdig. In der Luft lag der Duft von Pilzen, Tannenzweigen und Moos. Rosalie streichelte den Hals ihres Reitpferdes, während sie in den schmalen Pfad einbogen. Wie gestern lag der dicke Ast quer über den Weg.

„Wollen wir wieder springen?" Nala nickte entschlossen. Mit einem Satz flog Gandalf leichtfüßig in die andere Wirklichkeit. Diesmal hörten sie keine unheimlichen Geräusche und die Tannen sahen aus, wie Tannen eben aussahen.

„Ich hör nix Besonderes", stellte Rosalie erstaunt fest.

„Ich seh auch nix Besonderes", ergänzte Nala. Sie atmeten auf: „Jetzt fehlt uns nur noch Griseldis".

Da saß sie, auf ihrem abgeschnittenen Birkenstock! Genau an der Stelle, wo die Mädchen sie beim letzten Treffen zurückgelassen hatten. Die Kräuterhexe strahlte sie an, selbst ihr Haarkranz leuchtete hell in der Herbstsonne. Fini lag zusammengerollt im Korb auf einem Kräuterbett und Tendo saß auf ihrer Schulter. Nala und Rosalie atmeten erleichtert auf. Zumindest ihre Medizintiere und die Hagazussa hatten sie gefunden. Die Tierverbündeten hüpften auf Gandalf und die Mädchen zu.

„So schnell kommt ihr wieder? Ihr seid ja wie ein Bumerang!", amüsiert begrüßte sie Griseldis.

„Es geht nicht anders. Ich spüre, dass Lilou in Gefahr ist." Nala drängte zum Weiterreiten.

„Bisher sind weder die Schattengestalten aufgetaucht, noch die Sirenengesänge erklungen. Ist das ein gutes Omen?", fragte Rosalie.

„Könnte man sagen. Ihr habt recht, es eilt. Wir treffen uns beim geheimen Steinkreis. Ihr reitet, ich nehme meinen Besen!“ Griseldis winkte ihnen wie zum Abschied zu und schmunzelte. Trotz der Besorgnis, die sie plagte, scherzte sie. Ähnlich wie sonst Feuerwolf versuchte die Heilerin, die Stimmung aufzulockern.

„Wo geht's denn zum Steinkreis?“ Nala blickte sich suchend um, während sie die Frage stellte. Doch Griseldis war schon nicht mehr zu sehen.

„Die hat sich in Luft aufgelöst!“ Rosalie spähte in die Ferne. „Ich glaub's nicht! Ist sie wirklich mit ihrem Besen weg?“

„Du spinnst ja!“ Seltsam, dass die Kräuterfrau so schnell verschwinden konnte. Entschlossen sagte Nala: „Verlieren wir keine Zeit. Los!“

Rosalie richtete sich auf und streckte ihre Hände Richtung Mähne. Die Mädchen verlagerten das Gewicht nach vorn. Dies war das Zeichen für Gandalf, sich in Bewegung zu setzen. Mit aufmerksam erhobenem Kopf, die Ohren gespitzt, schritt er den verwunschenen Pfad weiter entlang. Die beiden schamanischen Lehrlinge vertrauten ihrem Pferd. Es fühlte sich beruhigend an, dass der Noriker ein gelassenes Wesen besaß. Nala und Rosalie klopfte zwar das Herz bis zum Hals vor Aufregung, doch auf dem warmen Pferderücken entspannten sich die Beiden zumindest ein wenig. Wie die jungen Reiterinnen wussten, kam es auf einen freien, losgelassenen Sitz an, um mit ihrem Pferd in gutem Kontakt zu sein.

Die Sonne brannte auf die mutige Bande von Menschen und Tieren herab, die sich den Berg hinauf kämpften. Immer wieder passierten sie Geröllhalden. Steine kullerten polternd die Schotterreise talwärts. Gandalf kam ins Schwitzen, ließ jedoch in seiner Anstrengung, den Weg hinaufzuklettern, nicht nach. Tendo flog weit oben zwischen den Federwolken. Fini ritt mit ihnen gemeinsam. Das Eichhörnchen bevorzugte das gewaltige Hinterteil des Norikers, um sich schaukelnd tragen zu lassen.

„Sind wir auf dem richtigen Weg? Was glaubst du?“, frage Nala. Das anfängliche Vertrauen wich langsam der Sorge, ob sie den versteckten Kraftplatz finden würden.

Rosalie, die in der heißen Sonne schwitzte, keuchte: „Keine Ahnung. Was sollen wir nur machen? Unsere tolle Reiseführerin, Schrägstrich: Hagazussa, Schrägstrich: Kräuterhexe hat sich plötzlich verdünnisiert. Die könnte mit ihrem Besen in Sichtweite vorausfliegen. Griseldis sagte, dass wir uns am geheimen Kraftplatz treffen. Was an dem Wort GEHEIM ist so schwer zu verstehen? Es bedeutet schlicht und einfach, dass wir nicht wissen, wo es ist! Oder? Diese Zopfmenschen trauen uns einiges zu.“

„Sie glauben vielleicht, dass Gandalf, Tendo und Fini bei uns sind und uns führen. Das vermute ich einmal“, erwiderte Nala.

Tendos Schrei ertönte laut und krächzend. Der schwarzblaue Vogel flog auf eine Wiese und ein uriges, windschiefes Almhüttchen zu. Gandalfs Schritte beschleunigten sich.

„Fühlst du die Träumerkraft?“, fragte Nala. Rosalie nickte. Fini gab ihre bequeme Position am Hinterteil des Norikers auf. Sie sprang aufgeregt zwischen die Ohren des starken Pferdes. Bebend schnupperte ihr Näschen und sie streckte ihren Hals. Das Eichhörnchen sah aus wie eine Galionsfigur am Bug eines Schiffes.

„Es geht los“, flüstere Rosalie.

12 Freya

Die Hütte wirkte aus der Nähe noch zerbrechlicher. Auf der Holzbank davor saß Griseldis in der Sonne. Die Mädchen sprangen vom Pferd und sahen sich fragend um.

„Hinterm Haus", sagte die Kräuterhexe so trocken, als ob es nicht um einen heiligen Steinkreis gehen würde, sondern um ein gewöhnliches Gemüsebeet. Tatsächlich, da stand eine einzelne, alte Zirbe. Sie strahlte eine Ruhe und einen Zauber aus, die die beiden von der magischen Eiche kannten.

„Wo ist der Steinkreis?", enttäuscht blickte Nala sich um.

„Ich habe die Felsbrocken vergraben, so dass nur noch die Spitzen herausschauen. Hin und wieder verirren sich Wanderer hierher. Sie sollen nicht sofort von diesem Kraftplatz wissen. Manche von ihnen fühlen sich trotzdem von Freya angezogen und essen an den Stamm gelehnt ihre Jause."

„Freya? Wer ist Freya? Hat der Baum einen Namen?" Rosalie horchte auf.

„Einige der bekanntesten und kraftvollsten Baumwesen tragen einen. Besonders wenn ein Kultplatz sie umgibt. Es gibt mehrere tausend Jahre alte Zirben, wie Methuselah oder Prometheus in Amerika, die sind weltberühmt. Freya bleibt der Öffentlichkeit verborgen, denn sie wird von unseren Schutzzaubern versteckt. Diese Zirbe ist Freya geweiht. In der nordischen Mythologie ist sie die Göttin des Glücks, der Liebe und die Lehrerin des Zauberns. Über das

Wurzelnetz der Bäume, Sträucher, Kräuter, Blumen und Pilze sind alle Pflanzen miteinander verbunden. Sie kommunizieren, tauschen Nachrichten aus und warnen sich gegenseitig vor Schädlingen. In alten Kulturen wusste man das. Die neueste Wissenschaft hat erst vor einigen Jahren herausgefunden, dass der Wald eine Gemeinschaft ist. Bäume haben sogar Eltern, die ihnen Nährstoffe zuleiten, als ob sie die Jungbäume beschützen würden. Bisher blieben diese Einsichten uns Spinnern und Hexen vorbehalten. In letzter Zeit ist es untersucht, und erforscht worden. Nun ist die alte Weisheit plötzlich Wissenschaft geworden. Die Welt ist ziemlich sonderbar." Griseldis schüttelte den Kopf.

Nala konnte es kaum abwarten, in den Steinkreis zu treten und damit in die Traumwelt zu gelangen. Die Kräuterhexe sah ihr das an der Nasenspitze an.

„Du musst einiges über den richtigen Zeitpunkt lernen. Lass deine Ungeduld los. Hat dich das Blaue Feder nicht gelehrt?"

„Doch, schon", antwortete sie kleinlaut. „Es ist nur sehr schwer." Nala atmete bewusst ein und aus, während sie auf die knorrige Zirbe mit der zerfurchten Rinde zuging. Rosalie schloss sich ihr an und versuchte ebenso, in langsamen, tiefen Atemzügen Luft zu holen. Bald saßen sie zu dritt unter der breiten Krone Freyas. Griseldis schien mit der rauen Haut des Baumes verschmolzen zu sein, so perfekt passte ihr schmaler Körper zu der Stelle, die sie wählte. Schlagartig wurde den Mädchen klar, dass die weißhaarige Hagazussa sich wohl hunderte Male an diesen Zauberbaum geschmiegt haben musste.

Griseldis murmelte: „Nala, sprich bitte die gemeinsame Absicht laut aus, damit wir uns darauf konzentrieren können."

„Wir wollen zur alten Eiche reisen und dort unsere Freunde treffen. Wir müssen Lilou helfen, denn ich fühle eine Gefahr, die sie bedroht."

Einatmen, ausatmen, eins werden, verschmelzen mit der Natur. Noch einmal: einatmen, ausatmen... Unter ihren Handflächen fühlte Nala die zerfurchte Rinde Freyas. Die Verbindung war spürbar, aber etwas fehlte. Alle drei bemerkten, dass die Energie ins Stocken geriet. Da sagte Rosalie plötzlich ein Wort, sie murmelte es wie eine Zauberformel: „FINI".

Flink sprang das rotbraune Eichhörnchen auf den Baum zu und hüpfte von Ast zu Ast, als ob es einem unsichtbaren, geheimnisvollen Faden folgen würde. Ein feines, leuchtendes Netz spannte sich wie eine Spur zwischen den Blättern und Zweigen. Es wirkte zauberhaft leicht und fest zugleich. Schon bald erfasste die Mädchen ein Sog. Auf den silbernen Spinnenfäden schwebend ließen sie sich staunend durch einen Lichttunnel ziehen und landeten dann mit einem heftigen Plumps auf dem Hintern. Der Boden hier fühlte sich anders an, härter, trockener. Als Nala die Augen öffnete, erschien vor ihr die Schamanin Blaue Feder! Mit einem Freudenschrei sprang das Mädchen auf. Die Medizinfrau mit den langen Zöpfen trug ihr helles, besticktes Lederkleid und die Türkiskette, die Sternenträumerin so gut gefiel.

„Ich habe mich so danach gesehnt, dich zu treffen!", sagte Nala. Die weise Lehrerin umarmte ihre Schülerin. Über ihr hingen nun nicht mehr die Zirbennadeln Freyas, sondern die Blätter des geliebten Eichenbaumes. Sie befand sich in Südfrankreich! Oder wo auch immer, in der Traumwelt auf jeden Fall und hier war sie richtig! Die frei lebende Mustangherde graste am Rand der sonnendurchfluteten Lichtung. Nalas Herz hüpfte vor Freude.

„Lass dich begrüßen, Feuerwolf." Rosalie, die gerade noch fasziniert in die Augen ihres Medizinbruders Wolfsherz geblickt hatte, ließ sich von der Schamanin in den Arm nehmen. Die Mädchen wunderten sich, denn bisher hielt sich Blaue Feder mit solchen Herzlichkeiten zurück. Sie schlossen daraus, dass es durchaus etwas Besonderes war, dass sie sich durch Zeit und Raum hierher geträumt hatten.

„Schön, dich wiederzusehen Griseldis," die beiden Medizinfrauen legten ihre Hand aufs Herz und verneigten sich voreinander. Sie waren alte Freundinnen.

„Wie geht es Lilou?", platzte Nala heraus. „Ich weiß, dass sie in Gefahr ist."

„Das hast du richtig gespürt. Wir haben soeben unser Ritual beendet."

Sternenträumerin bemerkte nun, dass Emanuel, Claire und Paul auch im Steinkreis waren. „Ihr alle hier, ist das schön!" Ihr Herz klopfte wild, als sie den schwarzen Haarschopf des jungen Pferdepflegers sah. Doch die Sorge um Lilou lenkte sie gleich wieder ab: „Was ist los?"

Claire beantwortete die Frage: „Dein Liebling ist zwar gesund, aber die Besitzer wollen die weiße Stute abholen und sie für Distanzrennen einsetzen. Ausdauernde arabischen Pferde sind dafür wie geschaffen. Sie haben erfahren, dass du Lilou reiten konntest und stellen sich das alles ganz einfach vor."

„Oh nein!", schrie Nala entsetzt auf. Rosalie stimmte in den Protest ein: „Das müssen wir verhindern!"

Blaue Feder erzählte ausführlich vom Medizinrad und der Zeremonie, die sie, Greta, Paul, Claire und Emanuel erlebt hatten. Gespannt lauschten die Mädchen und Griseldis ihrer Geschichte. „Die Traumbotschaften aus allen fünf Richtungen weissagten, dass ihr beide zusammengehört. Nicht nur in eurem Herzen, ihr müsst in der Alltagsrealität beieinander sein. Lilou soll zu einem Höhentraining nach Tirol kommen. Davon wird Greta die Besitzer überzeugen. Ihr habt eine neue Chance. Ob ihr sie nutzen werdet, ist allerdings nicht klar. Wir sahen in unserem Ritual Freiheit und Freude, jedoch auch Verletzung und Gefahren."

Sprachlos starrte Nala die Medizinfrau an. Ihr Mund klappte auf und zu, kein Wort kam dabei über ihre Lippen. Das war zu viel für sie, zuerst die Angst Lilou zu verlieren und unmittelbar darauf die Erleichterung, dass sie ihrem Herzenspferd nahe sein würde. Und dann auch noch die Bedrohung durch Verletzung und Schmerz ließen Sternenträumerin erschauern.

„Ich glaube, mein Hirn fällt gleich auseinander!" Verwirrt schüttelte Rosalie den Kopf. „Ist es tatsächlich wahr? Lilou soll nach Tirol kommen?"

Die Freundinnen sprangen vor Freude auf und ab, fassten sich an den Händen und wirbelten im Kreis herum, wie es normalerweise nur viel, viel kleinere Mädchen machen. Sie hüpften, tanzten, bis sich die Welt drehte. Schließlich ließen sich die beiden erschöpft auf den Boden fallen.

„Seid ihr sicher, die Besitzer überzeugen zu können?", fragte Nala.

Blaue Feder meinte: „Unterschätzt niemals die Kraft von Greta. Sie hat ihr Medizinwissen von uns Zopfmenschen gelernt. Solange wir das Wissen für das Gute einsetzen, haben wir Zugang zur Weisheit aller Menschen, die je in unserem Kreis waren und sein werden. Zeit und Raum spielen keine Rolle. Sogar die große, kollektive Seele der Tiere und Pflanzen steht uns bei. Da Greta mit ihrer Liebe für die Welt verbunden ist, hat sie auch die gesamte Kraft des Universums zur Verfügung. Das ist ein Geheimnis, das ihr später ergründen werdet. Denkt daran, ihr seid erst am Anfang eurer Ausbildung."

Nun meldete sich Griseldis zu Wort: „Stimmt, die Mädchen sind ziemlich unerfahren. Sie haben jedoch mich und Freya gefunden, das ist beachtlich."

Unbemerkt von den anderen standen Rosalie und Wolfsherz währenddessen bei den Mustangs. Als sie die Mähne Wakandas kraulten, berührten sich wie zufällig ihre Fingerspitzen.

13 Lilous Ankuft

Der Transporter mit französischer Nummerntafel fuhr auf den Hof zu. Die Mädchen rannten ihm freudestrahlend entgegen. Sie hörten das Klopfen von Hufen an der Wand des Pferdehängers, noch bevor er zum Stehen kam. Emanuel sprang aus dem Wagen.

„Hallo Nala! Lilou ist während der letzten Kilometer unruhig geworden. Wahrscheinlich hat sie dich schon gespürt. Kommt, befreien wir unsere weiße Prinzessin. Ist eine Weide oder der Reitplatz dafür vorbereitet?"

„Hi, Greta!", rief Rosalie. „Hierher!" Sie winkte und dirigierte den LKW mit Handzeichen energisch zur Wiese. Rückwärts lenkte die erfahrene Pferdefrau den Transporter durch das offene Weidetor.

„Nala, steig durch die schmale Tür von der Seite in den Hänger und begrüße Lilou. Vielleicht beruhigt sich das Pferd, wenn es dich sieht", schlug die Reitlehrerin vor. „Wir öffnen die Rampe nicht, solange sie derart aufgeregt ist. Sonst könnte sie zu schnell herausstürmen und sich verletzen."

Sternenträumerin, die besorgt das heftige Geräusch der Huftritte hörte, öffnete zwar die Seitentür, schlüpfte jedoch nicht sofort hinein. Sie blieb davor stehen. Das Mädchen hoffte, dass der Klang ihrer Stimme zu ihrem angespannten Liebling durchdringen würde.

„Hey, meine Süße, ich bin ja hier." Ein gereiztes Wiehern ertönte. Nala wiederholte ihre Worte mit weicher, tiefer Stimmlage, bis endlich das erregte Schnauben zu einem langsameren Atmen wurde.

„Braaaves Pferd. Ich bin froh, dass du da bist. Alles wird gut. Ich lass dich nie wieder los. Nie wieder geb ich dich her. Ich werde alles tun, dass es dir gutgeht, das verspreche ich dir, meine Lilou."

Während Nala beruhigende Worte fand, streckte sie die Hand in Richtung Nase ihres Herzenspferdes aus, so dass es ihren Geruch erkannte. Erst dann stieg das Mädchen mit einer fließenden Bewegung durch die schmale Seitentür des Pferdehängers. Sie stand ihrem Traumpferd endlich gegenüber. Leise, fast brummend sprach Sternenträumerin mit ihrem Liebling. Lilou antwortete mit einem sanften Wiehern, bevor sie vorsichtig die Finger Nalas anstupste. Einen Seufzer der Erleichterung gab Nala von sich, als der Flaum rund um das weiche Maul des Schimmels ihren Handrücken berührte. Draußen standen alle schweigend und gespannt um den Pferdehänger herum.

„Seid ihr so weit?", fragte Greta.

„Ist o.k. Lass die Rampe langsam herunter", antwortete Nala.

Emanuel machte sich an den Verschlusshaken an der Rückseite des Hängers zu schaffen. Fast geräuschlos öffnete er die Ausstiegsluke. Das Mädchen führte Lilou rückwärts Schritt für Schritt hinaus. Dann löste sie den Führstrick. Als die Stute die grüne Weide erblickte, hob sie ihren feinen Kopf, blähte die Nüstern und sprang los. Sie genoss ein paar übermütige Hüpfer und Buckler, bevor sie davongaloppierte. Fasziniert blickten Rosalie, Greta und Emanuel der Schimmelstute nach. Die weiße Mähne flatterte bei jedem Sprung. Ihr Schweif richtete sich auf und sie schwebte in edelster Arabermanier über die Weide. Erleichtert ließen sich alle an den Zaun gelehnt nieder.

„Geschafft!“ Emanuel setzte sich neben Nala und berichtete von der Fahrt. „Wir haben ein paarmal angehalten, damit Lilou sich bewegen und trinken kann. Greta hat bei befreundeten Pferdehöfen angerufen und Reitplätze oder Paddocks reserviert, um deinem Herzenspferd ein wenig Pause von dem Gewackel zu gönnen. Die lange Zeit im engen Raum war ganz und gar nicht nach ihrem Geschmack.“

„Ach, wie gut Lilou es hier haben wird!“ Greta zeigte sich vom Bergpanorama ringsum begeistert. „Ich glaube, wir bleiben für ein paar Tage in Tirol. Was meinst du Emanuel?“

„Mhmmm“, brummte er und grinste vor sich hin. Das Mädchen schaute krampfhaft zu Rosalie. Sie konnte sich immer noch nicht richtig eingestehen, dass der dunkelhaarige Junge sie durcheinanderbrachte. Der Blick seiner grauen Augen hatte sie im Sommer mitten ins Herz getroffen. Bei ihrer Verabschiedung am Abschlussfest war ihr klargeworden, dass sie die Sehnsucht nach ihrem Medizinbruder auf der Heimreise begleiten würde. Die Wiedersehensfreude verwirrte Nala zutiefst. Aber jetzt war erst einmal ihr Lieblingspferd das Wichtigste.

Das Mädchen strahlte übers ganze Gesicht: „Ich bin überglücklich. Es ist wie ein Wunder. Sooo ein großes Geschenk, dass Lilou da ist. Außerdem war es umwerfend, dass sie mich mit ihrem Wiehern begrüßt hat.“

„Ja, das war toll und selten für ein scheues Tier. Gut, dass sie sich wieder entspannt. Habt ihr euch schon einmal Gedanken darüber gemacht, wie Pferde ihr Wiehern einsetzen?“, wollte Greta wissen. Neugierig wandten sich ihr die Gesichter der Mädchen zu.

„Richtig überlegt habe ich mir das bisher nicht“, gab Rosalie zu. „Erzähl mehr davon...“

Gebannt lauschten die Jugendlichen Gretas Worten: „Mit diesem sanften, tiefen Wiehern begegnen Pferde Menschen, die sie gut kennen und denen sie vertrauen. Manchmal begrüßen sie so auch ihre Pferdefreunde. Sobald die Herde zu weit auseinandersteht und die Tiere sich aus dem Blickfeld verlieren, ist der Ton, den sie von sich geben, schriller und durchdringender. Das kennt ihr sicher. Mutterstuten und Fohlen suchen sich mit diesen Lauten. Grundsätzlich sind Pferde jedoch unglaublich leise. Für Fluchttiere ist das überlebensnotwendig. Sie haben keinen Schmerzlaut. Das muss euch stets bewusst sein. Wenn sie nämlich bei jedem Schmerz wiehern, sind sie leichte Beute für Raubtiere. Deshalb bleiben sie selbst bei größten Qualen stumm."

„Was? Das ist ja unglaublich! Heißt das, wir hören gar nicht, dass ein Pferd leidet?", fragte Rosalie.

„Ja, genau!", antwortete Greta. „Stellt euch vor, wie es auf den Rennplätzen der Welt klingen würde, wenn die Tiere bei jedem Peitschenschlag stöhnen oder schreien könnten. Das wäre nicht auszuhalten. Der fehlende Schmerzlaut macht es uns einfach, diese edlen Lebewesen auszunutzen und ungerecht zu behandeln."

„Das ist ja schrecklich! Das hab ich gar nicht gewusst!" Rosalie klang schockiert.

Greta sprach nun eindringlich mit den jungen Reitschülerinnen: „Deshalb ist es absolut wichtig, die Körpersprache der Pferde genau zu kennen. Lernt sie zu lesen. Wir bleiben ein paar Tage hier und üben gemeinsam den Gesichtsausdruck und die Bewegungen zu beobachten. Daran könnt ihr nämlich erkennen, wie es eurem Liebling wirklich geht."

Auf dieses Stichwort hin, schauten alle zu Lilou. Die schnupperte am Gras und zupfte an den saftigen Halmen. Sie hob erwartungsvoll den Kopf und blickte nach oben. Mit einem eleganten Flügelschlag schwebte der Rabe über den blauen Himmel und landete auf dem Rücken der Schimmelstute. Tendo und Lilou vereint. Das Schwarze und das Weiße, wie Yin und Yang. Damit war die Welt wieder in Ordnung. So schien es jedenfalls.

14 Ohren

Lilou und Nala hatten sich wiedergefunden! Ein Teil der Prophezeiung aus dem Ritual im Steinkreis hatte sich erfüllt. Greta berichtete noch ausführlicher davon, was bei der Zeremonie unter der alten Eiche als Botschaft aus den vier Himmelsrichtungen aufgetaucht war. Emanuel beschrieb sein Bild des flinken Delfins und erklärte, dass das Spielerische, sich Zeit zu lassen und vor allem das Vertrauen sehr wichtig für die Beziehung Nalas zu ihrem Herzenspferd waren. Als Greta berichtete, ließ sie nichts aus. Sie verschwieg weder die Warnung vor der Gefahr durch Verletzung, noch die Unvermeidlichkeit dieser Schwierigkeit: „Die Visionen sind deutlich und klar. Dein Weg des Herzens führt durch Schmerz und Angst. Den kommenden Herausforderungen musst du dich stellen."

Für die Unterbringung würden die Besitzer der Araberstute aufkommen. Nala nahm sich vor, ihr gesamtes Taschengeld für ihr Traumpferd zusammenzukratzen, um es zu verwöhnen. Emanuel schloss sich den beiden Mädchen an und half tatkräftig mit, Lilou ihre Ankunft zu erleichtern. Sie planten ein paar Tage Zeit ein, um die weiße Stute mit den anderen Pferden vertraut zu machen. Zuerst wurde sie in einem separaten Paddock untergebracht, damit der Schimmel langsam den neuen Stallgeruch annahm. Stundenlang saßen Nala, Rosalie, Greta und Emanuel am Rand der Weide und beobachteten, wie Lilou sich den anderen Herdenmitgliedern annäherte.

„Zuhören ist das Zauberwort, um diese faszinierenden Wesen zu verstehen. Eigentlich sollte es aber Zusehen heißen. Pferde sprechen mit ihrem Körper, nicht mit Worten oder Tönen. Wir alle verlassen uns oft zu sehr auf die menschlichen Ohren und haben verlernt die feinen Unterschiede im Gesicht und der Haltung unseres Gegenübers wahrzunehmen. Das gilt nicht nur für Tiere. Menschen drücken sich genauso durch ihren Körper aus. Wir schauen jedoch oft nicht richtig hin.“ Greta bewies unendliche Geduld, um den beiden Mädchen die Bedeutung der verschiedenen Stellungen von Kopf, Hals oder Schweif zu erklären.

Rosalie fragte nach: „Ich habe gelernt, dass zurückgelegte Ohren immer heißen, das Pferd ist böse und gefährlich.“

Nala, die Gandalf genau beobachtete, warf ein: „Er ist doch gar nicht schlecht gelaunt, sondern hat bloß das Geklapper hinter der Scheune gehört“.

Greta erklärte: „Es ich wichtig, das ganze Tier und die Gesamtsituation zu betrachten. Der erste Zweck dieser Sinnesorgane ist natürlich zu hören. Wo die Ohren des Pferdes sind, da ist seine Aufmerksamkeit“.

Emanuel fiel etwas ein: „Stimmt, wenn ich mit Wave spiele, dreht sie ihre Lauscher dahin, wo ich bin. Auch beim Reiten sind sie manchmal zurückgelegt, sobald ich ihr neue Hilfen gebe. “

„Verwirrung kann ein Pferd genauso dazu bringen, die Ohren anzulegen oder seitlich zu klappen. Möglicherweise gähnt und kaut es gleichzeitig. Es fordert dich auf, deinen Wunsch besser zu erklären. Es versteht nicht, was du von ihm willst.“ Greta gab immer mehr von ihrem Wissen preis: „Manchmal ist das Anlegen der Ohren allerdings eine Warnung, wie es die meisten von uns gelernt haben. Dann zeigt der Mustang dabei oft seine Zähne, schlägt mit dem Schweif und stampft mit einem Bein. Höchste Zeit, aufzupassen und etwas zu verändern.“

„Dass angelegte Ohren so Unterschiedliches bedeuten können? Wie sollen wir das alles lernen?“, rätselte Nala.

Greta verriet: „Zeit und Achtsamkeit sind die wichtigsten Schlüssel zu den Geheimnissen der Pferdesprache“.

Seufzend ließ sich Rosalie auf den Rücken fallen und blickte in die Grasbüschel, die nun auf ihrer Augenhöhe waren. Sie jammerte: „Ich schaue lieber dem Gras beim Wachsen zu! Das ist nicht so anstrengend. Es ist soooo mühsam, jede kleinste Bewegung der Pferde zu sehen!“

Die Reitlehrerin war Feuer und Flamme für das Thema: „Achtsamkeit heißt, ganz im Hier und Jetzt zu sein, deine Gedanken, das ständige Geplapper im Kopf loszulassen und zu einer inneren Sanftheit zu gelangen. Das fällt temperamentvollen Menschen ein wenig schwer. Glaubst du nicht, dass es sich lohnen könnte, dich darum zu bemühen, um die Pferde noch besser zu verstehen?“

Rosalie seufzte: „Das mit der Zeit bringe ich hin. Ich leg mich gern stundenlang in die Wiese und schau der Herde zu. Mit der Achtsamkeit hapert's ein bisschen.“

Nala mischte sich ein: „Zu zweit geht es sicher leichter. Wir quatschen dabei! Ich beobachte etwas und erzähl es dir, du gibst deinen Senf dazu... Vier Augen sehen mehr als zwei.“ Dann begegneten sich nicht ganz zufällig die Blicke Nalas und Emanuels. Wie tausend Schmetterlinge kribbelte es in ihrem Bauch.

„Ich kann ja dabei sein, zumindest in den nächsten Tagen“, meinte der sanfte Junge.

Rosalie, die bemerkte, was zwischen den beiden vor sich ging, schmunzelte: „Da werdet ihr sicher total aufmerksam sein. Zwar nicht gerade für das, was die Pferde machen...“.

15 Inspiration lost

Es wurde Abend. Emanuel breitete seinen Schlafsack am Scheunenboden aus. Gemeinsam mit den beiden Mädchen schlug er sein Nachtlager auf. An diesem Wochenende durften sie ausnahmsweise im Stall übernachten.

Nala hatte eine Idee: „Es gibt eine Feuerstelle hier auf dem Hof. Lasst uns grillen, wie im Sommer.“

Die Erinnerung an das erste Zusammentreffen auf dem Reiterhof in Südfrankreich sorgte sofort für ein wohliges Gefühl bei den drei Freunden. Rund um den Grillplatz waren abgeschnittene Holzstöcke aufgereiht, die als Sitzgelegenheit dienten. Es gab auch ein paar altmodische Liegestühle mit kuscheligen Decken zum bequemen Faulenzen. Gemeinsam schichteten sie sorgfältig dünne, trockene Zweige zu einer Pyramide auf. Dann kamen die dickeren Hölzer an die Reihe. Ein Holzstoß entstand, der nur darauf wartete, angezündet zu werden.

„Ich kann meine Gitarre holen und ein bisschen spielen, während das Feuer brennt“, fiel Emanuel ein.

„Super, das beamt uns sicher in den vergangenen Sommer zurück“, freute sich Feuerwolf.

Nalas Gefühle spielten Ping Pong. Die Freundinnen waren für einen Augenblick unter sich und Nala nutzte die Gelegenheit.

„Was soll ich bloß machen. Rosalie, Hilfe!“

„Hilfe?“, was meinst du denn damit?

„Ich kann mich doch nicht einfach so Hals über Kopf in Emanuel verlieben!“ Die Verzweiflung stand ihr ins Gesicht geschrieben.

Rosalie kicherte: „So wie ich das sehe, ist das längst passiert. Wieso willst du denn unbedingt dagegen ankämpfen?“

„Er lebt in Frankreich und ich hier, das geht niemals gut.“

„Und Wolfsherz existiert in einer magischen Traumwelt, in einer anderen Dimension! Mein Problem ist wohl eine Nummer größer als deins.“

Nala stöhnte: „Es ist aussichtslos, oder? Alles ist irgendwie kompliziert.“

„Wir sind eben verliebt. Ist doch schön. Außerdem bin ICH hier das dritte Rad am Wagen. Tut mir leid, wenn ich dich gerade nicht so richtig bedaure. Genieß es. Mach dir keine Sorgen, Hexenschwester“, antwortete Rosalie.

Ein wenig beruhigt ließ sich Nala zurücksinken: „Du hast recht, ich kann sowieso nichts gegen meine Gefühle tun. Glaubst du, Emanuel ist genauso verliebt wie ich?“

Mit der Gitarre in der Hand schlenderte der Junge um die Ecke und Rosalie sparte sich ihre Antwort. Stattdessen zündeten sie das Lagerfeuer an. Bald knisterten und knackten die trockenen Zweige und der unnachahmliche, wohlige Geruch von Holzfeuer breitete sich aus. Während die Mädchen Brotteig um Stöcke wickelten, stimmte Emanuel seine Gitarre. Er zupfte an den Saiten und eine wilde, sehnsuchtsvolle Melodie erklang. Langsam senkte sich die Dunkelheit über den Stall und die Feuerstelle. Sie brieten Gemüse und Kartoffeln, bis sie knusprig waren und ihnen das Wasser im Mund zusammenlief. Genüsslich verputzen sie all ihre gebrutzelten Schätze. Tendo und das Eichhörnchen kamen vom Duft angelockt und naschten kräftig mit. Sie ließen sich aus der Hand füttern. Dem Raben schmeckte praktisch alles. Der wählerischen Fini steckte Rosalie Sonnenblumenkerne zu. Schließlich war auch das Steckerlbrot gut gebräunt und durchgebacken. Mit selbstgemachter Marmelade bestrichen, genossen sie es als Nachspeise. Satt und zufrieden lehnten sich die Mädchen in ihren Liegestühlen zurück und guckten hoch in den Sternenhimmel.

Nala, Sternenträumerin, flüsterte Rosalie zu: „Blaue Feder hat mir geraten, so oft es geht, die Nacht unter freiem Himmel zu verbringen. Dann erwacht meine Träumerkraft. Wie soll ich das denn anstellen? Normalerweise sind wir zu dieser Tageszeit in einem Haus und starren höchstens an die Zimmerdecke. Gut, über deinem Himmelbett sind Sterne angebracht, aber ich fürchte, das ist nicht dasselbe."

„Jetzt bist du doch unter freiem Himmel, spürst du die erwachende Kraft?", fragte Feuerwolf. Sie überlegte weiter: „Ich soll dann wohl, so oft es geht ein Lagerfeuer anzünden, damit meine Feuerkraft gestärkt wird...", kicherte Rosalie.

Emanuel unterbrach die Melodie, die er auf den Saiten zupfte: „Unter dem Sternenhimmel sitzen, Feuer machen... Das ist traumhaft. Beinahe so schön, wie mit einem Pferd im Galopp über eine Wiese zu fliegen, die geschmeidigen Bewegungen zu spüren und die Wärme seines Körpers."

Die Worte Emanuels berührten die Mädchen. Sie kannten das Gefühl der tiefen Verbundenheit mit einem Pferd. Erstaunlich, wie rasch sie in an diesem Abend in ihre Vorstellungswelt eintauchen konnten. Die Erinnerung an ihre Abenteuer in der Vollmondnacht erwachte. Gemeinsam mit Wolfsherz mussten sie eine Prüfung bestehen. Sie waren in die vier Himmelsrichtungen losgeritten. Doch jeder in eine andere. Nur durch den starken, klaren Wunsch, sich wiederzufinden, sollten die Jugendlichen in der Dunkelheit zusammentreffen und einen Schatz entdecken. Mit Hilfe der Pferde und Tendo hatten sie ihre Aufgabe gelöst und Medizinbündel gefunden. Beinahe gleichzeitig griffen alle drei nach den ledernen Amuletten, die sie um den Hals trugen.

„Das Bündel fühlt sich viel lebendiger an. Spürt ihr das?", fragte Nala. Erstaunt bemerkten auch Rosalie und Emanuel eine Veränderung.

„Mein Herz klopft schneller. Ich bin aufgeregt. Als ob das Leder und der geheimnisvolle Inhalt zum Leben erwachen würden." Feuerwolf schluckte: „Unheimlich, oder?"

Emanuel unterbrach sein Gitarrenspiel: „Ich kenne das sonst nur von den stärksten Medizingegenständen alter Völker. Die fühlen sich so ähnlich an."

Verwundert betrachteten sie ihre Amulette. Der winzige Lederbeutel von Rosalie war gelb, denn sie ritt damals in den Osten des Medizinrades, dem Platz des Elements Feuer. Nalas Bündel war schwarz wie die Erde im Westen des Rades. Rot leuchtete Emanuels Amulett. Mit dem Mustang Wave musste er in den Süden reiten. In der indianischen Mythologie war die Farbe des Wassers rot und nicht blau, wie vermutet, und zwar solange die Menschen unnötiges Blut vergossen, weil sie ihre Gefühle nicht unter Kontrolle hielten. Alle dachten an Wolfsherz, ihren Medizinbruder, der damals in den Norden ritt und ein weißes Zauberbündel um den Hals trug.

„Ich wünschte, er könnte hier sein", sagte Rosalie in die Stille hinein. Sie brauchte den Namen ihres Verbündeten in der Zauberwelt nicht zu nennen. Alle wussten, wen sie damit meinte.

„Dann wäre ich wenigstens nicht der einzige Junge, allein unter Mädels...“, witzelte Emanuel. Mit ernsterer Stimme sprach er weiter: „Wolfsherz ist wie ein Bruder für mich. Ich kann ihn nur nicht ständig sehen. Aber wenn wir uns treffen, geht die Post ab. Ich vermisse ihn.“

Sie schwiegen eine Weile. Das sanfte Schnauben der Pferde auf der nahen Weide mischte sich mit dem Knacken des Feuers und leisen Klängen der Gitarre. Der Mond leuchtete vom Himmel.

„Wo endet das Universum, habt ihr euch das jemals gefragt“, durchbrach Emanuels Stimme die Stille.

„Es ist viel größer als unsere Vorstellungskraft“, sinnierte Rosalie. „Jedes Mal, wenn ich in den Nachthimmel schaue, versuche ich, dieses Geheimnis zu ergründen. Glaubt ihr, dass die Sterne das Schicksal bestimmen?“

Emanuel antwortete: „Blaue Feder nennt sie Großväter Sterne. Ihr Stamm meint, dass in ihnen die Erinnerung gespeichert ist.“

„Welche Erinnerung?“, fragte Nala.

Er erzählte weiter: „Die Erinnerung an das, was unsere Seele in diesem Leben erfahren wollte. Die Zopfmenschen denken, wir sind auf der Erde, um zu lernen und uns zu entwickeln. Unsere Seelenheimat ist da draußen in den Weiten des Universums. Wir sind aus Sternenstaub geformt. Leider haben die meisten vergessen, wozu sie hier auf diesem Planeten sind. Darum sind viele Menschen verwirrt und irren ziellos umher. Die Großväter Sterne erinnern uns an den wichtigsten Seelenwunsch, den wir haben.“

Nala, die wie gebannt in den Nachthimmel starrte, fragte: „Wisst ihr, dass in manchen asiatischen Megastädten der Smog derart dicht ist, dass niemand mehr die Sterne sehen kann? Könnt ihr euch das vorstellen? Die Kinder dort nehmen niemals wahr, dass es dieses gewaltige, geheimnisvolle Universum und die Unendlichkeit gibt."

Rosalie war entsetzt: „Daran habe ich noch nie gedacht. Stimmt, zur Luftverschmutzung kommt die Lichtverschmutzung. In den Großstädten ist es auch in der Nacht derart hell, dass die Sterne unsichtbar sind."

„Dann begegnen die Leute in den riesigen Städten nur Dingen, die von Menschen gemacht wurden. Hochhäuser, Maschinen, Straßen. Sie wissen gar nicht, wie wunderbar die Natur ist." Nala schüttelte den Kopf.

Emanuel, der weiter auf seiner Gitarre spielte, ergänzte: „Viel schlimmer. Sie begreifen nicht, wie groß und rätselhaft das Universum ist und welch unglaubliches Geheimnis. Wir rasen auf einer Kugel durchs All, die zum größten Teil aus einem flüssigen Feuerkern besteht. Die kühle Haut der Erde ist ziemlich dünn. Die Reise unseres Planeten wird gesteuert durch ein fantastisches Zusammenspiel aller Kräfte. Wenn wir dieses Mysterium erkennen, dann begreifen wir uns Menschen selbst auch als Geheimnis."

„Auf keinen Fall möchte ich leben, ohne zu wissen, dass die Natur, die Milchstraße oder wundervolle Pferde existieren", grinste Rosalie.

„... oder Tendo, Fini und Steinkreise, die uns in andere Zeiten und Dimensionen reisen lassen. Es gibt sogar einen Ausdruck für das Phänomen, den Sternenhimmel niemals zu sehen. Man nennt es: INSPIRATION LOST", erzählte Nala.

Alle drei zogen ihre Decken bis zum Kinn hoch und kuschelten sich darin ein. Sie genossen die sternenklare Nacht.

Feuerwolf gähnte. „Heute krabbeln wir nicht in unsere Schlafsäcke am Scheunenboden. Hier draußen ist es viel schöner. Außerdem muss Nala ihre Träumerkraft stärken".

Sie blieben unter freiem Himmel liegen. Fini schmiegte sich an Rosalie. Ihre Füßchen zappelten im Schlaf, als ob sie von Ast zu Ast springen würde. Tendo ruhte auf einem Zweig des Kastanienbaumes. Emanuels und Nalas Hände streiften sich wie zufällig. Ihre Liegestühle standen dicht nebeneinander. Die flüchtige Berührung wirkte wie ein leichter Stromstoß, so dass Nala ihre Finger überrascht zurückzog. Doch dann entspannte sich das scheue Mädchen. Ihre Hände fanden sich wieder.

Emanuel brummte im Halbschlaf: „Morgen müssen wir in den Steinkreis. Ich vermisse meinen Medizinbruder..."

Rosalie seufzte: „... und ich erst..."

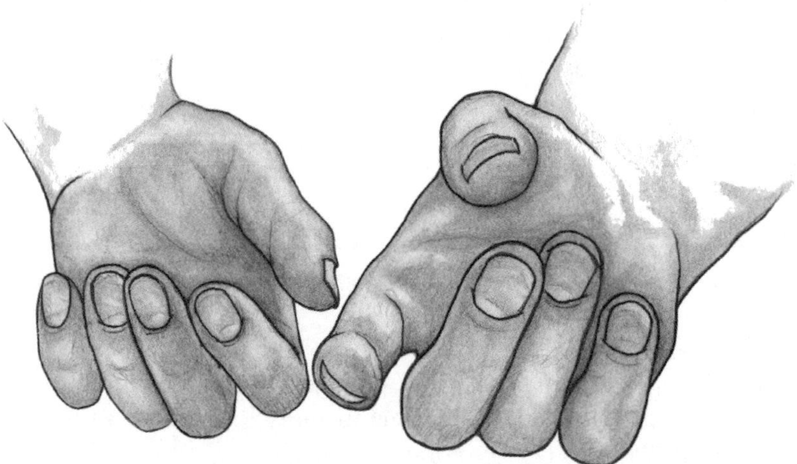

16 Regeln des Menschseins

Fröstelnd erwachte Nala. Das Feuer war längst erloschen. Morgennebel lag über dem Tal. Ihr Blick fiel auf den schwarzen, wirren Haarschopf Emanuels. Gegen das Lächeln, das sofort ihr Gesicht erhellte, konnte sie überhaupt nichts machen. Sie räkelte und streckte sich. Sehr bequem war die Nacht im Liegestuhl dann doch nicht gewesen.

„Na, Grinsekatze? Gut geschlafen?“, fragte Rosalie verschmitzt.

Nala brummte: „Mir tut alles weh und ich friere.“

„... und trotzdem kannst du nicht anders als zu strahlen. Ich freue mich für dich.“ Feuerwolf gönnte ihrer Freundin das Glück von ganzem Herzen. „Wecke deinen Troubadour langsam auf. Wir wollten heute zum Steinkreis, um Wolfsherz endlich wieder zu treffen.“

Vor Sonnenaufgang zäumten sie Gandalf auf. Er war es schon gewohnt, dass beide Mädchen auf seinem Rücken saßen. Nala wagte es nicht, Lilou zu reiten, denn sie sollte sich zuerst in die Herde einleben. Emanuel hatte die Erlaubnis auf Avalon, einem Friesen, auszureiten. Er war eine Schönheit, mit langer, schwarzer, lockiger Mähne und einem mächtigen, geschwungenen Hals. Da die Pferde die ganze Nacht auf der Weide grasten, brauchten sie sich nicht ums Füttern zu kümmern. Die Hufe klapperten rhythmisch auf dem Feldweg, den sie entlangtrabten. Bald passierten sie den Hexenbrunnen. Den Sprung über das Tor meisterten Emanuel und Avalon genauso leichtfüßig wie Gandalf mit den beiden Mädchen auf dem Rücken. Griseldis erwartete sie vor ihrer Hütte mit einer heißen Kanne Früchtetee und Butterbroten, als hätten die drei Freunde ihr Kommen angekündigt. Sie wunderten sich nicht einmal darüber. Gleich neben der Berghütte gab es eine Koppel, in der die Hagazussa ihre munteren Ziegen, Sissi und Franzi, hielt. Die Pferde kannten die frechen Geißen. Sie begrüßten die beiden schnaubend, und freuten sich auf die saftigen Bergkräuter, die hier wuchsen. Während die Tiere zufrieden grasten, verspeisten Rosalie, Nala und Emanuel ihre Frühstücksbrote.

„Ihr habt Sehnsucht nach Wolfsherz?“ Die Frage war rhetorisch gemeint. Griseldis wusste, von ihrem Anliegen, ohne dass die Freunde es aussprachen: „... und ihr glaubt also, dieser Wunsch genügt, um durch Raum und Zeit zu reisen?“

Verlegen sahen sich die Medizinlehrlinge an. Der Junge zuckte mit den Schultern: „Wir dachten...“

„... das ist unfair!“, platzte Rosalie laut heraus. „Wenn Nala sich mit Emanuel treffen kann, dann darf ich doch wenigstens in der magischen Welt mit Wolfsherz zusammen sein!“

Griseldis lächelte: „In der Anderswelt geht es nicht um fair oder unfair. Das sind keine Kriterien. Es geht darum, ob etwas heilsam ist und deshalb gelernt werden muss. Aber natürlich auch um die Sehnsucht des Herzens. Ihr habt Glück. Für unsere heutige Reise trifft beides zu.“

Fini huschte hinters Haus und begann mit ihrer Aufgabe, die Welten zu verweben, indem sie auf Freyas Zweigen ihren anmutigen Tanz vollführte. Kaum betraten sie den Steinkreis, drehte sich die Erde wie ein Karussell. Emanuel, Nala und Rosalie fassten sich an den Händen, um nicht umzufallen. Griseldis stemmte ihren Zauberstock hoch erhobenen Hauptes in den Boden. Die daran befestigten Federn und Bänder flatterten wild im Wirbelwind, der sie erfasste. Nach einigen stürmischen Momenten landeten sie auf der Wiese unter der Eiche.

„Hui! Eine lustige, turbulente Reise war das“, sagte Griseldis grinsend: „So gefällt mir das!“

„Manchmal ist es gut, ein wenig durcheinander geschüttelt zu werden...“, schmunzelte Blaue Feder.

Wolfsherz hüpfte vor Freude, als er seine Freunde sah. „Ich habe so sehr an euch gedacht! Mein Medizinbündel hat richtig zu leuchten begonnen. Es fühlte sich plötzlich lebendig an. Habt ihr es auch gespürt?“

„Wir haben gleichzeitig unsere Amulette berührt, wussten aber nicht warum“, staunte Rosalie. „Ist es möglich, dass uns die Medizinbündel vereinen, wenn wir nicht im Steinkreis sind?“

„Super! Vielleicht gibt es noch andere Tore, durch die wir zueinander gelangen können!“, hoffte Feuerwolf.

„Tore öffnen sich, wenn man in Not ist, aber das wollt ihr besser nicht ausprobieren“, murmelte Griseldis leise vor sich hin.

Die beiden Jungen fassten sich um die Schulter und rangelten spielerisch. Aus den Augenwinkeln beobachtete Wolfsherz das rothaarige Mädchen. Feuerwolf schaute schüchtern zu ihrem Medizinbruder. Sonst war es überhaupt nicht Rosalies Art verlegen zu sein. Sie hatte sich bereits öfter in Jungen verliebt. Mit ihm fühlte sie jedoch eine tiefere, rätselhafte Vertrautheit. Ihre Gefühle verwirrten Feuerwolf. Normalerweise fiel es ihr leicht, mit jedem Spaß zu haben. Verband diese mysteriöse Wolfsmedizin ihr Herz auf eine Weise, die sie noch nicht verstand?

„Du verstehst vieles noch nicht“, sagte Blaue Feder, „das ist ganz natürlich. Heute erzähle ich euch etwas über die Regeln des Menschseins. In unseren alten Kulturen war es üblich, Jugendliche in dieses Wissen einzuweihen. Die erste große Prüfung im Sommer habt ihr bestanden. Nun beginnt euer Medizinweg. Lehrlinge erfahren zuerst, was es bedeutet, ein Mensch zu sein, auf dieser Erde. Ihr selbst entscheidet, wie und ob ihr das neue Wissen nutzt.“

„Hat das etwas zu tun mit der Erinnerung, die in den Großväter Sternen gespeichert ist?“, fragte Emanuel nach. „Wir haben gestern Abend darüber geredet.“

„Das findet ihr sicher allein heraus. Rätsel sind Teil des Spiels“, Griseldis beteiligte sich an dem Gespräch.

„Ich kann es kaum erwarten, dass du loslegst.“ Rosalie antwortete, wie meistens, ungeduldig.

„Am besten, ihr legt euch alle auf den Rücken und blickt in das Blätterdach der alten Eiche. Lasst euren Geist schweifen und träumen, sobald ich spreche. Entspannt euch und haltet nicht fest, was ihr hört.“

Die Medizinlehrlinge saßen genau in den Himmelsrichtungen, in die sie im Sommer geritten waren. Rosalie, Feuerwolf, mit ihrem gelben Bündel im Osten, Nala, Sternenträumerin, im Westen. Emanuel, Weltenhüter, hatte sich in den Süden gelegt und Wolfsherz ließ sich im Norden nieder. Dort lauschten sie den Worten der Schamanin.

„Erste Regel: Wir bekommen nur einen Körper pro Leben...“

„Ist doch klar“, dachte Nala. „Aber wenn das jedem wirklich bewusst wäre, würden die Menschen vielleicht besser auf sich und ihre Gesundheit achten.“

Der Satz ging jedoch weiter: „... wir können ihn mögen oder nicht, aber es ist das Einzige, das wir haben für den Rest unseres Lebens."

Nala war durcheinander: „Den Körper mögen oder nicht?" Eher nicht, war bisher ihre Haltung gewesen. „Wenn er jedoch das Einzige ist, das wir wirklich besitzen, ist es vielleicht doch besser, gut für ihn zu sorgen?" Noch bevor sie ihre Gedanken zu Ende bringen konnte, sprach Blaue Feder weiter.

„Zweitens: Wir werden Lektionen bekommen und die darin enthaltenen Lehren lernen. Großmutter Erde ist eine Full-Time Schule."

„Oh je", überlegte Rosalie, „dann hört das Lernen nicht einmal nach dem Unterricht auf? Ist das eine gute oder eine miese Nachricht?" Sie hielt die Frage zurück, denn im Moment ging es anscheinend ausschließlich darum zuzuhören.

„Drittens: Lektionen erscheinen meist als Versagen, Fehler, Irrtümer. Das einzige wirkliche Versagen ist, die Lektionen nicht zu lernen."

Die inneren Fragen der Lehrlinge überschlugen sich: „Dann ist es also normal, Fehler zu machen? Das soll einfach zum Leben dazu gehören? Irren ist menschlich, oder was? Versagen ist gar nicht schlimm, sondern nur eine neue Herausforderung? Phuhh, ist eigentlich ganz entspannend, das Leben so zu betrachten." Wenn Gedanken einen Ton erzeugen würden, wäre in diesem Moment das Summen eines Bienenschwarms zu hören gewesen. Alle vier beschäftigten sich damit, die neuen Ideen auf ihre bisherigen Erfahrungen zu übertragen.

„Versucht, euren Geist zu beruhigen. Die Worte begegnen euch, dann lasst sie vorüberziehen.“ Blaue Feder, die ihre Gedanken lesen konnte, hatte das innere Geplapper also mitbekommen.

„Viertens: Jede Lektion wird so lange wiederholt, bis sie gelernt wurde.“

„Shit“, Rosalie wollte sich einfach nicht an dieses meditative Zeug gewöhnen. „Etwas, das schiefläuft, wiederholt sich also? Immer wieder? Bis ich es verstanden habe und eine Lösung finde?“

„Fünftens: Wenn wir eine leichte Lektion nicht lernen, wird sie schwieriger werden. Haben wir jedoch eine schwierige Lektion gelernt, wird sie leicht.“

Endlich wurden es still in den Köpfen der Medizinlehrlinge und sie erlebten, dass die Worte der Schamanin sie tief berührten.

„Sechstens: Dass wir eine Lektion gelernt haben, werden wir daran erkennen, dass unsere Handlungen, unser Verhalten und unser Leben sich zum Besseren verändert haben. Nur Aktion verwandelt Wissen in Weisheit und Weisheit in Kraft.“

Die Stimme der Medizinfrau klang nun wie aus weiter Ferne und wurde leiser. Sie mussten ihre Ohren spitzen um die Worte von Blauer Feder zu verstehen: „Siebtens, wir werden dazu neigen, diese Regeln zu vergessen. Achtens: Wir können uns jederzeit daran erinnern, wenn wir das wollen.“

Als die Träumer erwachten, blickten sie direkt in die Krone des Zirbenbaumes. Sie lagen unter Freya, die ihnen nun Schatten spendete. Die Reise war zu Ende. Die Sehnsucht blieb.

Griseldis lächelte die drei Freunde an: „Schaut nicht so bedröppelt. Macht was draus!“

„Aber ich wollte doch viel länger bleiben", protestierte Rosalie.

„‚Aber' ist eines deiner Lieblingswörter, nicht? Ist gut so, Kampfgeist und Widerspruch sind wichtig. Wenn es dir ein Trost ist, wir werden Wolfsherz und Blaue Feder schon sehr bald wiedersehen."

17 Achtsamkeit

Am Nachmittag stand das wachsame Beobachten der Herde auf dem Programm. Greta nutzte die Zeit, die ihnen blieb. Sie trainierte die Mädchen darin, die Körpersprache von Pferden genau zu studieren.

Rosalie gähnte: „Bin ich müüüüde. Die Nacht im Liegestuhl war eindeutig zu kurz und unser Aufbruch in der Morgendämmerung einfach grauenhaft. Was haben wir uns nur dabei gedacht?"

„In der Nacht wollten wir die Sterne sehen und am Morgen Wolfsherz treffen." Nala rieb sich verstohlen die Augen. „Wie soll ich mich bloß konzentrieren?"

„Ruhig", zischte Emanuel. „Wenn Greta merkt, dass ihr total fertig seid, verbietet sie uns, in der Scheune zu übernachten. Besser wir verraten nicht, dass wir nicht einmal dort geschlafen haben, sondern in den Liegestühlen am Feuerplatz."

Als die Herde auf die Koppel galoppierte, verflog die Müdigkeit rasch. Lilou graste auf einem angrenzenden Teil der Weide. Die weiße Stute stand dicht am Zaun. Mit gefletschten Zähnen stürzte eine Haflingerstute auf das neue Herdenmitglied zu.

„Das ist eine tolle Gelegenheit, viele Tiere gleichzeitig zu sehen. Während der Eingewöhnungszeit zeigt sich Abwehrverhalten, Stress und die Art und Weise, wie sich Pferde einander annähern. Wir werden mit dem Beobachten und Interpretieren kaum nachkommen", freute sich Greta.

Tatsächlich, die bunt gemischte Herde war in Aufruhr.

„Kennt ihr das Phänomen des Zugabteils?“, fragte die Reitlehrerin.

Nala vermutete: „Wenn zwei Menschen, die sich eigentlich nicht kennen, ein paar Stationen gemeinsam mit der Bahn gefahren sind, schließen sie sich sofort zusammen. Sobald noch jemand zusteigen will, machen sie sich breit und verteidigen ihren Raum? Das Unbekannte macht am meisten Angst, hat mir Blaue Feder im Sommer erklärt.“

„Seltsam. Dabei könnte der neue Fahrgast doch viel interessanter oder angenehmer sein, als der, der schon im Abteil sitzt. Möglicherweise wird das sogar ein guter Freund!“ Rosalies überschäumende Fantasie schlug manchmal Purzelbäume.

Greta nickte: „Stimmt natürlich. Vielleicht bist du ein wenig zu optimistisch mit deiner Vermutung. Das Potential für eine spannende Begegnung ist aber sicher jederzeit gegeben. Wir werden herausfinden, wie Lilou integriert wird. Denn in einer Herde halten die Pferde vorerst zusammen, wie die Menschen in einem Zugabteil.“

Emanuel ließ sich durch nichts ablenken und beobachtete die Tiere intensiv. „Schaut doch, Lilou senkt den Hals und wendet sich ab. Sie kaut und schleckt sich mit der Zunge übers Maul.“

„Was bedeutet das?“, wollte Rosalie wissen.

Emanuel hatte sich seit einiger Zeit mit diesem Thema beschäftigt: „Kauen und Schlecken heißt oft, dass der Stress vorbei ist und die Pferde nachdenken. Viele Trainer interpretieren es als Verarbeitung von Neuem.“

„Hihi...“, kicherte Rosalie. „Beim nächsten Streit mit meiner Schwester werde ich sagen, sie soll erst mal schlecken und kauen, damit sie die Neuigkeiten verdauen kann. Vielleicht funktionieren Menschen auch wie Pferde.“

„Das ist zumindest eine kreative Idee“, fand Greta. „Und jetzt Ruhe im Karton! Sonst kriegt ihr überhaupt nicht mit, was sich in der Herde abspielt.“

Der schwarze, langbeinige Avalon streckte seinen Hals hoch in die Luft und scharrte mit den Vorderhufen. Drohend näherte er sich der Absperrung, hinter der Lilou stand.

„So schwer ist das nicht zu deuten, oder?" Alle waren sich einig, dass seine Körpersprache eine Dominanzgebärde zeigte. Doch neun Pferde gleichzeitig zu beobachten, stellte die Mädchen vor eine ziemliche Herausforderung.

„Ihr konzentriert euch auf das Offensichtliche. Viele schwieriger sind die winzigen Zeichen, die die Pferde zeigen, zu sehen. Schaut mal, wie die nicht besonders hochrangingen Herdenmitglieder sich bewegen." Nach einiger Zeit bekamen Nala, Rosalie und Emanuel ein Gefühl für die Feinheiten des Gesichtsausdrucks verschiedener Tiere. In der Ecke stand zum Beispiel eine Fuchsstute, die den Kopf hin und her warf.

„Das sieht nach Ärger aus“, Rosalie zeigte auf das temperamentvolle Warmblut.

Greta stimmt zu: „Frustration oder Zorn. Das denke ich auch. Was löst das bei Lilou aus?“

„Sie dreht den Kopf weg. Will sie den Stress vermeiden?“, fragte Nala.

Im Lauf des Nachmittags hatten die Mädchen Gelegenheit, sehr viele Bewegungsmuster kennenzulernen. Emanuel und Greta verrieten ihnen einige Geheimnisse der Pferdesprache. Da war eine sanfte gescheckte Stute, die durch Blinzeln versuchte Konflikte zu vermeiden. Einmal riss Lilou ihre Augen auf.

„Sie hat Angst, das merkt man sofort“, sagte Rosalie.

„Natürlich ist das ein klares Zeichen, aber ihr könnt euch überhaupt nicht vorstellen, wie viele Reiterinnen so etwas beinahe täglich übersehen“, antwortete die Pferdetrainerin.

Emanuel ergänzte. „Es zu bemerken würde bedeuten, dass man darauf reagieren muss. Dann wird es schwierig, und es erfordert Kreativität und Pferdewissen, um eine Lösung zu finden. Das ist vielen zu unbequem.“

Greta erzählte, dass auch das Zupfen von Gras eine Stressreaktion sein konnte. Manche Pferde benutzten es, um sich zu beruhigen. Den Boden zu beschnuppern, hat eine ähnliche Bedeutung.

„Hunger ist möglicherweise die einfachste Motivation dafür, Gras zu zupfen?“, feixte Rosalie.

„Bist du jemals nicht zum Blödeln aufgelegt?“, wunderte sich

Emanuel.

„Kann ich mir nicht vorstellen!“ Nala nickte nur bei der Antwort, die ihre Freundin der Trainerin gab.

„Schluss für heute!“ Greta beendete die anstrenge Lektion. „Ihr habt euch tapfer geschlagen. Es ist ganz schön schwierig so viele Tiere und Verhaltensweisen im Auge zu behalten.“

Die müde Rosalie raunzte aufmüpfig: „Und wofür üben wir das alles nochmal?“

Nala antwortete: „Irgendwas mit: Pferde haben keinen Schmerzlaut. Wir sind darauf angewiesen, ihren Ausdruck zu beobachten, um sie zu verstehen. Aber das will ich wirklich.“

„Klar, war bloß ein bisschen Gezicke von mir“, grinste Feuerwolf. „Ich finde es total spannend und wichtig, was Greta uns beibringt. Sollte eigentlich Pflicht für alle sein, die mit diesen wundervollen Tieren unterwegs sind.“

„Wer sein Pferd liebt, schaut genau hin...“, murmelte Emanuel erschöpft.

18 Krafttier Pferd

Die Schlafsäcke am Heuboden waren für die heutige Nacht gemütlicher, entschieden die drei Freunde. Mit Taschenlampen ausgerüstet, kletterten sie in ihr Nachtlager.

Nala atmete die würzige Luft der Scheune tief ein: „Der Duft von Heu ist unglaublich heimelig. Am liebsten würde ich mir damit ein Kissen ausstopfen und dann zu Hause mit diesem Geruch einschlafen."

„... und wer sollte uns daran hindern? Morgen früh füllen wir unseren Rucksack voll. Die Essensvorräte sind doch sowieso alle. Platz genug für eine Portion Heu." Rosalie sackte erschöpft und ein wenig theatralisch auf ihren Schlafsack.

Es kratzte am Dachfenster. „Tendo und Fini sind da!", rief Feuerwolf freudig. „Da bist du ja, meine Süße, ich hab dich so vermisst. Was treibt ihr beiden den ganzen Nachmittag lang? Bei uns auf der Weide wart ihr jedenfalls nicht."

„Geeeheimnis, Geeeheimnis", krächzte der Rabe.

„Habt ihr jetzt auch das Wort Geheimnis verstanden?", fragte Emanuel.

„So hat sich's angehört...", bestätigte Nala. „Tendo, verrat uns doch noch ein wenig mehr!"

Der blauschwarze Vogel nickte mit dem Kopf vor und zurück und ließ dabei einen Laut hören, der eher wie ein dumpfes „ch, ch, chhhh“ klang. Wobei er sich vor Gelächter auszuschütten schien.

„Lachst du uns aus?“, empörte sich Rosalie.

„Ch, ch, ch...“, wieder ertönte das seltsame Geräusch.

Nala schmunzelte: „Du weißt doch, dass Tendo ein Spaßvogel ist.“

„Und ein Schlaumeier dazu...“, neckte Emanuel den Raben. „Irgendwann krieg ich dich auch noch dran. Behalt dein Geheimnis einstweilen. Zur rechten Zeit werden wir dieses Rätsel sicher lösen. Schließlich sind wir Medizinlehrlinge.“

„Aus dem bekommen wir nichts mehr heraus.“ Nala gab sich geschlagen.

Als alle drei auf ihren Schlafsäcken ausgestreckt lagen, zog sie das alte, rote Zauberbuch hervor. „Überraschung! Ich hab uns eine Gutenachtgeschichte mitgebracht.“

„Das Buch der magischen Krafttiere“, sagte Emanuel. „Ich freue mich auf unsere Bettlektüre.“

Auf den sonst leeren, weißen Seiten hatten sie einst zum ersten Mal staunend ihren eigenen Medizinnamen gelesen. Auch Rosalies Name der Kraft war ihnen im Sommer in Südfrankreich darin erschienen. Nun stand an dieser Stelle geschrieben:

Für Nala, Sternenträumerin, für Rosalie, Feuerwolf, für Emanuel, Weltenhüter

Der Medizinname Emanuels hatte mit seinem Tierverbündeten, dem Delfin, zu tun. Dieses feinfühlige Meeressäugetier galt als Hüter der verschiedenen Welten, der Tierwelt, der Pflanzenwelt, der Menschen- und der Ahnenwelt. Delfine retten auch Menschen, wenn sie in Gefahr sind. So verbindet der Meeressäuger unterschiedliche Welten dieses Planeten. Der Junge wurde von den Zopfmenschen seit seiner Geburt beobachtet, denn er stammte aus einer langen Kette von Ahnen, die sich mit Heilung beschäftigte. Als Neffe Gretas lernte er von der Pferdeflüsterin den spirituellen Umgang mit Pferden. Die Eltern, beide Heilpraktiker, schrieben Bücher, in denen sie altes Wissen in eine moderne Sprache übersetzten. Emanuel hatte sich jedoch entschieden, seiner Tante zu folgen und sich der Arbeit mit den edlen Tieren zu verschreiben.

„Das Buch weiß genau, wer gerade hineinschaut. Es kommuniziert mit uns!“, rief Rosalie verblüfft.

Emanuel schlug vor: „Wenn es uns etwas mitteilen will, schlag einfach zufällig eine Seite auf. Wir lassen es selber wählen. Beim Lösen von Rätseln und Geheimnissen kann uns ein magischer Gegenstand vielleicht am besten helfen.“

Nala nahm den dicken Wälzer in die Hand, schloss ihre Augen, und klappte die Seiten um.

„Wow, ich glaub's nicht!“ Rosalie war beeindruckt. „Das ist offenbar ein Medizintier, das wir gemeinsam haben.“ Überwältigt lasen sie die altmodische Schrift:

PFERD

MIT EINEM PFERD GALOPPIERT DAS GLÜCK INS LEBEN.
(MONGOLISCHES SPRICHWORT)

DIESES KRAFTTIER STEHT FÜR FREIHEIT, ANMUT, LEBENSKRAFT, SCHNELLIGKEIT UND FREUNDSCHAFT.
IM WAPPEN DER MONGOLEI IST HIIMORI, DAS WINDPFERD, ABGEBILDET. ES IST EIN GEFLÜGELTES WESEN, GENAUSO WIE PEGASUS, DAS DIE SEELE SYMBOLISIERT. PFERDE WERDEN MIT DER HEILSAMEN KRAFT DES WINDES VERBUNDEN. WENN DU SORGEN HAST, BREITE DIE ARME AUS UND LASS DICH VOM STROM DER LUFT DURCHPUSTEN UND UMSPIELEN. ÜBERGIB DEINE FRAGEN, NÖTE UND DIE ANSPANNUNG DEM WIND. ER WIRD ALLES FORTTRAGEN, WAS BESCHWERT.

„Es gibt doch den Mythos, dass die arabischen Pferde aus dem Südwind geschaffen wurden!“, erinnerte sich Nala.

„Woher weißt du das denn wieder?“, wunderte sich Rosalie.

„Ich hab natürlich alles über Araber gelesen, was ich zwischen die Finger kriegen konnte, nachdem ich Lilou gefunden habe“, erklärte Nala. Die Freunde lasen weiter.

DAS PFERD HILFT UNSERE TRÄUME UND VISIONEN ZU VERWIRKLICHEN, SELBST WENN WIR SIE NOCH NICHT GANZ VERSTEHEN. DIE LEBENSKRAFT DIESES MEDIZINTIERES IST SCHNELLER ALS DER INTELLEKT. DESHALB LÄDT ES UNS EIN, DAVONZUGALOPPIEREN UND UNS VOM GRÖSSTEN LEUCHTEN ANZIEHEN ZU LASSEN. FOLGE DIESEM LEITTIER BEDENKENLOS. ES VERBIRGT TIEFE WEISHEIT IN SEINER ANMUTIGEN BEWEGUNG. KAUM EIN ANDERES KRAFTTIER FORDERT SO SEHR ZUM AUFBRUCH HERAUS. ES IST ZEIT, SICH AUF DEN WEG ZU MACHEN. DEINE SEELE IST SCHON LÄNGST UNTERWEGS. MENSCHEN MIT DEM TIERVERBÜNDETEN PFERD LIEBEN DIE FREIHEIT UND SIND BEREIT ZU NEUEN UFERN AUFZUBRECHEN.

„Genau so fühlt sich mein Leben an, seit ich mich auf die alte, indianische Weise mit diesen wundervollen Wesen beschäftige“, sagte Emanuel versonnen.

„Die tiefe Seelenverbindung, Iyuptala, wie Blaue Feder es nennt, ist meine innigste Sehnsucht", musste sogar die sonst übermütige Rosalie zugeben. Ihre Stimme war weich geworden. So romantisch klang sie normalerweise nicht. Feuerwolf schüttelte ihre rote Mähne: „Am liebsten rase ich aber im Galopp der Freiheit entgegen." Da war es wieder, ihr ungestümes Wesen.

„Schau, hier steht etwas über andere Mythologien." Nala zeigte auf den nächsten Absatz.

BEI DEN GERMANEN REITET ODIN AUF SEINEM ACHTBEINIGEN ROSS SLEIPNIR DURCH DIE LÜFTE. DIESES VOLK HIELT HEILIGE SCHIMMEL IN EINEM HAIN. IN IHRER VORSTELLUNG WAREN PFERDE DIE MITWISSER DER GÖTTER. IHRE WEISUNGEN BEFOLGEN DIE GERMANEN EHER ALS DIE DER KÖNIGE.

„Super, dass das Pferd unser gemeinsames Krafttier ist", fand Rosalie.

„Vielleicht haben alle, die Rösser lieben, diesen Tierverbündeten?", fragte sich Nala.

„Ich glaube nicht. Nur bei einer echten Verbindung ist es ein Medizintier. Nicht jeder, der sich auf ein Pferd setzt, ist wirklich in Kontakt mit dem Tier. Ich kenne einige Reiterinnen und Reiter, die sich hauptsächlich wichtigmachen oder angeben wollen."

„Stimmt, wenn du reiten als Sport betrachtest und dir die Wesen, auf denen du sitzt, nichts bedeuten, bist du nicht automatisch mit der spirituellen Kraft der Tiere vereint."

„Da steht etwas über Freundschaft!“ Nala hatte ein wenig voraus gelesen.

DIESES MEDIZINTIER WEISS, WAS WAHRE FREUNDSCHAFT BEDEUTET. FÜR EINEN FREUND WÜRDE ES ALLES TUN. ES ERKENNT, WENN HERZEN IM GLEICHEN TAKT SCHLAGEN. DAS KRAFTTIER PFERD FÜHRT UNS ZU ECHTEN FREUNDEN UND HILFT UNS MENSCHEN UND ORTE ZU MEIDEN, DIE UNS NICHT GUTTUN. ES ZEIGT UNS AUCH, DASS FLUCHT MANCHMAL BESSER IST ALS KAMPF.

Nala ließ das Buch sinken. Die drei Freunde hingen ihren Gedanken nach. Was für ein Glück, dass sie sich begegnet waren. Oder hatte das nicht nur etwas mit Glück zu tun? War es ihr Schicksal, das sie zusammengeführt hatte?

19 Geburtstag

„Guten Morgen, ihr Schlafmützen!“ Gretas Stimme drang vom Hof zu ihrem behaglichen Lager am Heuboden durch. „Auf, auf! Die Sonne scheint. Unser letzter gemeinsamer Tag hat begonnen. Nutzen wir ihn!“

„Alles Gute zum Geburtstag!“ Rosalie umarmte ihre Freundin. „Ich bin sooooo froh, dass wir jetzt zusammen sind.“

Emanuel nahm sie ebenfalls in seine Arme. Das fühlte sich ganz anders an. Heiße und kalte Schauer liefen Nala über den Rücken. Er flüsterte ihr ins Ohr: „Ich bin auch froh, dass wir jetzt zusammen sind.“

Rosalie drängte sich zwischen die beiden. „Hier dein Geburtstagsgeschenk.“ Geheimnistuerisch zog sie unter dem Heuhaufen ein Päckchen mit blauer Schleife hervor. Das Papier war mit regenbogenbunten Einhörnern verziert.

„Ich bin so neugierig“.

„Jetzt mach schon auf“, sagte Rosalie.

Nala öffnete die Schachtel und zog eine wundervolle Satteldecke daraus hervor. In das indianische Muster waren weiße Pferde und schwarze Raben eingewoben. Die türkise Grundfarbe des Stoffes passte genau zu den Farben von Lilous Halfter.

„Wow, woher hast du dieses besondere Stück?“, wollte Nala wissen.

„Die Decke kommt aus Amerika. Greta war vor einigen Jahren in einem Reservat der Lakota. Von dort brachte sie viele Schätze heim. Wir schenken sie dir gemeinsam. Aber ich darf sie dir überreichen. Sie wartet im Reiterstüberl mit deinem Geburtstagskuchen. Also los!“ Rosalie kletterte die Holzleiter nach unten.

Emanuel hielt Nala zurück. „Ich habe auch ein Geschenk für dich.“ Er öffnete seine Hand. Darin lag ein Kettchen mit einer silbernen Feder, einem winzigen Stern und einem Pferdekopf als Anhänger. „Gefällt es dir?“

Was für eine Frage! Das Schmuckstück war bezaubernd. Sternenträumerin schluckte. „Mhmm.“ Sie war so gerührt, dass sie kein weiteres Wort herausbrachte.

„Darf ich es dir umhängen?“, fragte der Junge. Nala senkte ihren Kopf, damit Emanuel die Kette um ihren Hals legen konnte.

„Was ist da oben los? Kommt endlich herunter!“, rief Rosalie ungeduldig.

Das Mädchen murmelte: „... wir müssen gehen“.

„Ja, das sollten wir“, antwortete Emanuel.

Unten warteten Greta und die Familien der beiden Mädchen.

„Was für eine tolle Überraschung! Ich dachte, ihr kommt erst am Abend“, jubelte das Mädchen und fiel ihrer Mutter um den Hals. Auch ihr Vater und Phillip, der kleine Bruder, wurden geherzt.

„Mama hat deinen Lieblingskuchen gebacken, eine Schwarzwälder Kirschtorte“, krähte er mit heller Stimme.

„Das ist also Emanuel?“, fragte ihr Vater und schüttelte dem Jungen etwas förmlich die Hand.

Kerzen ausblasen, Schlagsahne verteilen und Kakao schlürfen waren im Wesentlichen die Beschäftigung für die nächste Stunde. Nala bekam großartige Geschenke, die sich fast alle um das Thema Pferd drehten. Ein Buch über Araber, einen neuen türkisen Führstrick und Cowboystiefel schälte sie aus den Päckchen. Sie umarmte ihre Eltern und bedankte sich überschwänglich. Die Geburtstagsgesellschaft unterhielt sich ausgelassen, schließlich lernten sich die Familien der Freundinnen zu diesem Anlass erst so richtig kennen. Zum Glück waren sich alle sympathisch und verstanden sich ausgezeichnet. Natürlich wurde auch „Happy Birthday“ gesungen, eher vielstimmig und schräg, aber von Herzen.

Die Stimmung erreichte ihren Höhepunkt bei Gretas Ankündigung: „Heute unternehmen wir einen Reitausflug zum See. Schwimmen eure Pferde eigentlich gerne?“

Was für eine hervorragende Idee! Die Mädchen hüpften vor Freude.

„Habt ihr wirklich nichts dagegen?“, fragte Nala ihre Familie.

Doch ihre Mutter nickte nur: „Jetzt geh schon, wir treffen euch eben später am See. Es ist ja DEIN Geburtstag. Da sollen sich deine Wünsche erfüllen.“

Rosalie war neugierig: „Bisher durften wir noch nie mit den Tieren ins Wasser. Wieso heute?“

„Ich hatte gestern einen lustigen Abend mit dem Landwirt, dem das Gebiet am Nordufer gehört. Er hat nichts dagegen. Wir müssen nur am Weg bleiben und dürfen die Wiese nicht zertrampeln. Es gibt hier Seerosen, die unter Naturschutz stehen. Davon halten wir uns fern.“

„Glaubst du, Lilou ist so weit? Ich habe solche Sehnsucht, mich endlich wieder auf ihren Rücken zu setzen.“ Nala erinnerte sich an den Sommer. Wochenlang hatte sie versucht, mit der verschreckten Araberstute eine Verbindung aufzubauen. Tendo half ihr dabei. Sie lernte im Steinkreis, wie eine Herde zusammenlebt und welche Regeln dort gelten. Sternenträumerin übte in der Anderswelt für ein Pferd vertrauenswürdig zu sein. Das war die Voraussetzung, dass die Mustangs sich führen ließen. Am Ende der Ferienzeit gelang es ihr, Lilou sogar ohne Sattel zu reiten. Das machte sie glücklich, wie nie zuvor.

„Es ist ein Experiment. Wir werden sehen, ob sie dir immer noch vertraut“, sagte Greta. „Sei bitte achtsam. Es kann sein, dass dein Liebling wieder scheu geworden ist.“

Rosalie wollte nicht glauben, dass die Reitlehrerin so vorsichtig war. „Aber Lilou hat sich doch eindeutig beruhigt, als sie im Pferdehänger Nalas Stimme hörte.“

„Richtig. Die beiden haben eine sehr innige Verbindung. Dennoch ist Achtsamkeit jederzeit angebracht. Lilou ist neu in der Herde, neu in dieser Landschaft. Die Stute weiß noch nicht, ob hier gut für sie gesorgt wird.“

Die Mädchen zogen ihre Stiefel über und stürmten auf den Hof. Ihre Pferde lebten in einem Offenstall aus Holz. Nur das Stüberl und die Kästen mit den Sätteln und Putzkisten waren im Haus untergebracht. Sie holten Helme und Zaumzeug aus der Sattelkammer. Mehr benötigte man für diesen Ritt nicht.

„Wir warten erst ab, wie Lilou auf Nalas Annäherung reagiert“, schlug Greta vor.

Sie standen am Rand der Koppel. Das weiße Fell der Araberstute strahlte im Morgenlicht. Hoch am Himmel schwebte der schwarze Vogel. Sein Schatten fiel auf die Erde. Da hob Lilou ihren edlen Kopf. Tendos Schrei erklang und er ließ sich auf ihrem Rücken nieder, zupfte vorsichtig an der Mähne und erhob sich wieder in die Luft. Der Rabe flog auf Nala zu. Er setzte sich auf die Schulter des Mädchens. Wie bei ihrer ersten Begegnung in Südfrankreich folgte der sanfte Schimmel seinem Rabenfreund und näherte sich Sternenträumerin. Erleichtert hob die ihre Hand. Lilou schnupperte an den Fingern. Mit einem leisen Schnauben senkte sie den Hals. Nala schmiegte sich an ihr Seelenpferd. Ihre Nase vergrub sich in die weiße Mähne. Das Mädchen sog den Duft des Pferdes ein. Sternenträumerin kraulte das weiche Fell Lilous. Fasziniert beobachteten Greta, Rosalie und Emanuel die Szene.

„Um diese Herzensverbindung brauchen wir uns keine Sorgen zu machen“, stellte die Pferdetrainerin fest. „Wir können aufsitzen.“

Voran ritt Rosalie auf dem breiten, gemütlichen Gandalf. Sie teilte sich den Rücken ihres Pferdes mit der niedlichen Fini. Feuerwolf kannte den Weg zum See am besten. Emanuel und Avalon folgten ihr. Der stolze Friese glänzte schwarz in der Sonne. Sternenträumerin fiel auf, wie gut das dunkle Haar des Jungen zu seinem Reitpferd passte. Auch Rosalies rote Locken entsprachen der Fellfarbe des Fuchses, auf dem sie saß. Nala, Tendo und Lilou folgten Emanuel. Da die weiße Stute am unsichersten war, ritt sie nicht am Schluss der Gruppe. Diese Position nahm Greta ein. Sie lenkte den braunen Wallach Artus, den sie sich ausgeliehen hatte. Obwohl die Reitlehrerin das Pferd nicht kannte, wirkten ihre Bewegungen vollkommen harmonisch. Ihr Weg führte vorbei an bunten Blumenwiesen und einem Schilfgürtel. Der Sommer war vorüber und sie hofften auf ein wenig besuchtes Seeufer. So früh an diesem Herbstmorgen würden kaum Wanderer oder Badegäste anzutreffen sein. Das Wasser des Bergsees glitzerte in der Sonne. Ein Schwanenpaar glitt über die Wellen, gefolgt von fünf grauen Jungtieren. Libellen schwirrten zwischen den Schilfstängeln, die das Ufer säumten. Nur das Getrappel der Hufe und leises Schnauben waren an diesem Herbstmorgen zu hören. Gemächlich näherten sie sich dem Nordufer, ihrem Badeplatz. Nalas Herz klopfte aufgeregt. Würde Lilou mit ihr ins Wasser gehen? Immerhin kamen Araber aus einer sehr trockenen Gegend und schwammen vielleicht nicht gerne.

Das Mädchen ließ sich ein wenig zurückfallen um neben Greta zu reiten. „Glaubst du, dass mein Liebling sich ins Wasser traut?“, fragte sie zögerlich.

„Das wissen wir erst, wenn wir es versuchen“, antwortete die Pferdetrainerin ziemlich trocken. „Hast du Angst?“

„Ein bisschen", gab Nala zu. „Lilou könnte mich abwerfen", befürchtete die junge Reiterin.

„Im See?", lächelte Greta.

Bei dieser Vorstellung begann auch Sternenträumerin zu lachen. „Natürlich am Ufer", presste sie zwischen den Zähnen hervor, um ihre Angst zu rechtfertigen.

Rosalie sprang von ihrem Pferd. Gandalf blieb gelassen neben ihr stehen. Den sanften Riesen brauchte man nicht anzubinden. Er vertraute seiner jungen Reiterin. Zufrieden zupfte er am Gras.

„Ich versuche einmal, diese Körpersprache zu lesen?" Feuerwolf tat, als ob sie überlegen müsste. Sie kratzte sich nachdenklich am Kopf: „Tiefenentspannt und verfressen. Liege ich damit richtig?", grinste Rosalie.

Greta nickte: „Pass bloß auf, du freche Göre. Und wie bekommst du dein gemütliches Schaukelpferdchen ins Wasser?".

„Normalerweise stapft er unerschrocken durch jede Pfütze."

„Dann hast du Glück. Er ist nicht wasserscheu. Viele Pferde fürchten sich, wenn sie den Grund unter ihren Hufen nicht sehen. Das ist durchaus sinnvoll für ein Wildpferd. Schließlich könnte es in einem Fluss weggeschwemmt und von der Herde getrennt werden, sogar ertrinken. Es braucht entweder eine innige Verbindung mit der Reiterin oder Erfahrung mit Wasser, damit die Tiere das kühle Nass genießen. Wir geben ihnen und uns Zeit. Jedes Pferd soll selbst entscheiden, wie weit es in den See gehen möchte. Vertrauen darf wachsen und langsam entstehen. Zwang zerstört dieses zarte Pflänzchen."

Natürlich hatte Greta recht. Sie freuten sich alle darüber, einen Traum wahr werden zu lassen. Welches Pferdemädchen träumte nicht davon, einmal mit ihrem Pferd schwimmen zu gehen? Was die Trainerin sagte, klang jedoch vernünftig und pferdegerecht. Sie würden sich nicht sofort in die Fluten stürzen, sondern ihren Tieren die Sicherheit geben, die sie brauchten. Alle streiften ihre Jeans, Shirts und Stiefel ab. Darunter trugen sie Badekleidung. Die Mädchen waren noch immer leicht gebräunt von der heißen Sonne Südfrankreichs. Heimlich schielte Nala zu Emanuel. Er arbeitete seit diesem Jahr im Freien mit den Pferden auf Gretas Hof. Das sah man seinem Körper an. Sternenträumerin gefielen die zähen Muskeln und die lässige Art, wie der Junge von Avalon gesprungen war. Durch das viele Ausmisten, Reiten und Rennen im Wald war Nala gestärkt und beweglicher geworden. Doch würde sie jemals Frieden mit ihrem weichen Körper schließen? Nicht einfach, für ein Mädchen in einer Welt, geprägt von einem gnadenlosen Schönheitskult, der keinerlei Abweichungen von der Norm zuließ. Das Schnauben Lilous lenkte Nalas Aufmerksamkeit augenblicklich wieder zurück zu dem scheuen Pferd und der Vorfreude auf das erfrischende Bad im See.

Emanuel führte Avalon zuerst in das seichte, immer noch angenehm warme Wasser. Der große Friesenwallach klopfte mit seinen schwarzen Beinen kräftig auf den Sand. Die funkelnden Wassertropfen spritzen und Lilou trat erschrocken ein paar Schritte zurück. Leicht würde ihr das Schwimmen nicht fallen, befürchtete Nala. Doch Avalon stapfte begeistert weiter in den See. Elegant glitt der Junge auf seinen Rücken. Das Bild war atemberaubend. Mit hoch erhobenem Kopf paddelte der Friese mit der lockigen Mähne im Weiher herum. Strahlend kraulte Emanuel das feuchte Fell.

„Ist das cool. Ich bin noch nie mit einem Pferd geschwommen. Danke Avalon. Das ist richtig stark, wie furchtlos du dich hineingestürzt hast."

Rosalie ließ nicht lange auf sich warten. Gandalf sprang mit einem Satz hinterher. Juchzend warf Feuerwolf ihre Arme in die Luft und vergnügte sich beim Schwimmen mit ihrem treuen Ross.

„Du bist an der Reihe", munterte die Reitlehrerin Nala auf. „Führ Lilou vom Boden aus hinein. Lass sie jeden Schritt erkunden. Es wird ihr Sicherheit geben, dass die anderen Pferde bereits im Wasser sind." Tatsächlich, die weiße Araberstute blickte unruhig zu Avalon und Gandalf. Sie wieherte sogar leise.

Greta schlug vor: „Ich gehe mit Artus voraus und ihr kommt hinter uns her. Mach mir einfach nach, was ich tue. Wenn Lilou mehr Zeit braucht, gib sie ihr."

Als ob es das Selbstverständlichste auf der Welt wäre, führte sie ihr Pferd in die Fluten. Ohne Druck folgte ihr Nala Schritt für Schritt. Als die Araberstute zögerte, blieb das Mädchen stehen. Der Schimmel platschte mit den Hufen. Instinktiv tat Sternenträumerin dasselbe. Sie hob ihre Knie, trat mit den Füßen in die Wellen und prustete empört, genauso wie ihr Pferd.

„Du machst das richtig gut", rief ihr Rosalie aus dem Wasser zu.

Nala war so konzentriert, dass sie ihre Freundin ignorierte. Ihre ganze Aufmerksamkeit galt Lilou. Platschend und prustend näherten sie sich dem tieferen Teil des Sees. Es musste zwar komisch aussehen, aber dem Mädchen war das egal. Sie empörten sich gemeinsam über das kühle Wasser, schnaubten gleichzeitig und als sich die Hufe der Araberstute vom Grund lösten, wagte sich Nala auf den Pferderücken. Die begeisterten Zuschauer bemerkten sie nicht einmal. Nalas Gesicht war nass, ob vom aufspritzenden Wasser oder von den Tränen der Erleichterung, konnte sie nicht sagen. Alle Spannung fiel von ihr ab. Das war ein Vertrauensbeweis, den sie nie mehr vergessen würde. Schweben im wundervollen See mit ihrem Liebling.

Das war der schönste Geburtstag ihres Lebens! Selbst wenn es den Abschied von Emanuel bedeutete.

20 Ofen

Das Wochenende war vorbei. Greta und Emanuel machten sich auf den Heimweg nach Südfrankreich. Voller Vorfreude betraten die Mädchen die Werkstatt. Endlich sollten der Pegasus, den Nala entworfen hatte, und Rosalies Drache aus Glas entstehen. Alle Schülerinnen und Schüler trugen Arbeitsmäntel und hatten ihre Haare zurückgebunden. Das war Vorschrift bei der Arbeit mit heißen Öfen. Obwohl Herr Krämer mit seiner ruppigen Art Nala immer noch befangen machte, bewunderte sie, wie geschickt ihr Lehrer mit den scharfen Werkzeugen umging und wie mühelos er aus den bunten Glasplatten Formen entstehen ließ. Wenn sie nicht von seinem schroffen Wesen eingeschüchtert wurde, konnte Nala sicher viel von ihm lernen. Klar und deutlich hatte das Mädchen ein Bild von den Farben vor Augen, in denen ihr Pegasus strahlen würde. Ein violetter Körper sollte von Mähne und Schweif in Weiß und silbernen Flügeln ergänzt werden. Sie schielte zu Rosalies Arbeitsplatz, auf dem die Skizze zu ihrem Drachenwesen bereitlag. Ihre Freundin war nicht ganz so geübt im Zeichnen. Sie stammte aber, wie viele in dem kleinen Ort, aus einer Familie, die schon seit Generationen eine Glasbläserei führte. Die wunderschöne, winzige Stadt in Tirol bestand zum Großteil aus Geschäften, in denen sowohl edle Trinkgläser als auch Kunstgegenstände aus diesem zerbrechlichen Material verkauft wurden. Kein Wunder, dass die berühmte und jetzt internationale Glasfachschule hier beheimatet war. Rosalie war zwischen den Regalen des Geschäftes ihrer Familie und den Brennöfen aufgewachsen. Deshalb ging sie unbefangen an die Arbeit. Für ihren Entwurf eines Drachen hatte sie orangefarbene, gelbe und schwarze Glasplatten vorbereitet. Entschlossen schnitt sie die Teile zu. Nalas Bewegungen hingegen waren zurückhaltend und langsam. Zum ersten Mal kam sie mit diesem fremden Material in Berührung. Das Mädchen spürte den argwöhnischen Blick des Lehrers auf sich ruhen und erstarrte zusehends. Ihre Bewegungen gefroren regelrecht, wurden noch stockender und gehemmter. Der Glasschneider, mit dem sie die Form der Flügel auszuschneiden versuchte, kam ihrer Hand gefährlich nahe. Beinahe rutschte sie auf der glatten Glasplatte aus und hätte sich die Finger verletzt.

Leise begann das Mädchen sich selbst Mut zuzusprechen: „Durchatmen, ruhig bleiben, erinnere dich an deine Medizinkraft. Du bist die Sternenträumerin, hast eine Hexenschwester..." Es half ein wenig! Schon zum zweiten Mal hatte Nala sich aus einer Starre lösen können, indem sie sich an ihre Stärken erinnerte. Vielleicht gab es eine Technik, um wieder in ihre Kraft zu kommen, genauso, wie es eine Methode gab, um im Steinkreis in die Traumwelt zu gelangen. Sternenträumerin nahm sich vor, irgendwann herauszufinden, wie man sich aus einer lähmenden Stimmung befreite. Doch dafür hatte sie jetzt keine Zeit. Die andern waren alle viel weiter mit den Vorbereitungen ihres Werkstückes. Sie musste sich beeilen. Und wirklich. Ihre Hände schnitten nun wieder selbstbewusster und sicherer den Pferdekopf aus. Es machte ihr Spaß, dieses Zauberwesen Pegasus entstehen zu lassen. Ja, dafür war Nala hergekommen. Sie würde lernen, eine Künstlerin zu werden!

Als alle ihre mythologischen Tiere vorbereitet hatten, spazierten sie gemeinsam durch die Reihen und bestaunten die verschiedenen phantastischen Wesen, die zum Brennen bereitlagen. Da tummelten sich ein Einhorn und die Sphinx neben einem gruseligen Werwolf. Die finster dreinblickende Enya hatte ihn entworfen.

„Der passt zu ihr", raunte Nala ihrer Freundin zu.

„Was soll denn das sein? So ein Durcheinander!", herrschte Herr Krämer den lustigen Vinzenz an. Er war der Nachbarsjunge

Rosalies. Auch seine Eltern hatten ein Geschäft, in dem sie Glaswaren verkauften. Deswegen besuchte er die Schule.

„Das ist ein Wolpertinger, sieht man doch", murmelte Vinzenz leise vor sich hin.

„Was ist denn ein Wolpertinger?", fragte eine zarte Mädchenstimme aus dem Hintergrund.

Der blonde Junge setzte zu einer Erklärung an, um seine Ehre zu retten: „Das weiß doch jedes Kind! Das ist eine Sagengestalt aus dem Alpenraum, ein Hase mit Geweih, Flügeln und langen, spitzen Zähnen."

„Oh, das habe ich nicht gleich erkannt. Ich bin ja nicht von hier", gab die zierliche Schwedin Ilvy zu. „Bei uns im Norden gibt es diese Figur nicht. Wir haben ganz andere Märchengestalten."

Verächtlich betrachtete Herr Krämer den zugegeben etwas zerrupft aussehenden, gehörnten, geflügelten Hasen: „Der ist nicht unbedingt gelungen. Oder?"

Verlegen lief Vinzenz rot an: „Na, ja. Das freie Gestalten liegt mir eben nicht so. Dafür kann ich die Gläser aus unserer gesamten Kollektion blasen, seit ich elf bin." Dabei hob sich sein Kopf wieder stolz.

Rosalie flüsterte ihr zu: „Er ist ein guter Handwerker. Vinzenz wird vielleicht kein großer Künstler werden, wenn ich mir den komischen Wolpertinger so anschaue, ist aber vor dem Brennofen aufgewachsen. Ich mag ihn gern. Wir haben uns jeden Winter legendäre Schneeballschlachten geliefert und dann zusammen ein Iglu gebaut. Hoffentlich macht ihn der Krämer nicht fertig."

Weiter ging es durch die Ausstellung. Malini, das Mädchen mit indischen Wurzeln, hatte einen feingliedrigen, neunschwänzigen Fuchs entworfen, den alle bewunderten. Feen und Elfen, ein Basilisk, ein Zerberus und Meerjungfrauen lagen wie Schätze ausgebreitet vor ihnen. Die Phantasie der Schülergruppe war beeindruckend. Nala bekam das Gefühl, dass sie genau hierher gehörte. Obwohl es sie vor der Strenge des Direktors gruselte.

Der schnauzte seinen nächsten Befehl in die Runde: „Los, los! Worauf wartet ihr? Soll ich euch die Stücke einzeln in den Brennofen legen, oder schafft ihr Künstler das alleine?“

Wieder ergriff die seltsame Kälte und Starre Besitz von Nala. Woher kam das bloß? Ihr Gehirn fühlte sich an, als wäre es in einen Wattenebel gehüllt. Rosalie stupste ihre Freundin in die Seite, damit sie sich wie alle anderen zu ihrem Pegasus zurückbewegte und ihn auf einen vorbereiteten Untergrund legte.

„Was ist denn los mit dir?“, zischte Feuerwolf Nala zu. „Du schaust ja aus wie ein ferngesteuerter Roboter!“

„Ich bin total starr. Der Krämer schüchtert mich vollkommen ein. Ich komme mir wie die letzte Versagerin vor, wenn er diese eisige Stimmung verbreitet.“

„Lass das doch nicht so nahe an dich heran! Er hat sowieso den Vinzenz auf dem Kieker“, versuchte Rosalie ihre Freundin zu trösten.

„Vielleicht bin ich zu empfindlich, weil ich selber so lange Opfer war, bevor ich gelernt habe mich zu wehren“, vermutete Sternenträumerin. „Meine Mutter hat sogar befürchtet, ich sei hochsensibel. Kann schon sein, dass sie recht hat.“

Die schneidende Stimme des Direktors ertönte: „Die Türen können nicht ewig offenbleiben! Wer trödelt denn da hinten? Beeilt euch!“

Die meisten der Schülerinnen und Schüler hatten bereits ihre magischen Tierwesen in den Brennofen geschoben und er wurde eingeschaltet. Nur Nala konnte sich immer noch nicht von der Stelle bewegen. Herr Krämer und die Schülergruppe wandten sich einer Vitrine zu, in der die Meisterklasse ihre ausgezeichneten Glaskunstwerke präsentierte. Der Direktor berichtete stolz über die internationalen Preise, die die talentiertesten Absolventen der Schule in Mailand bei einer großen Ausstellung gewonnen hatten. Alle Aufmerksamkeit galt nun diesen Meisterstücken. Auch Rosalie stand direkt neben dem Schaukasten, um das edle Design zu bewundern.

Erst jetzt erwachte Nala aus ihrer Starre. Hilfe! Was sollte sie nur tun! Die Brennöfen waren bereits geschlossen und ihr Pegasus lag noch immer vor ihr auf der Werkbank. Zu spät! Aber es konnte doch nicht sein, dass sie als einzige ihr Kunstwerk nicht brennen durfte. Es gab nur einen Ausweg! Sie würde den Ofen heimlich öffnen, um ihr unsterbliches Fabeltier hineinzuschieben. Koste es, was es wolle! Die anderen Schülerinnen und vor allem der Lehrer waren ja abgelenkt. Die Temperatur betrug erst 280 Grad. Das war nicht viel heißer als ihr Backrohr zuhause, stellte sie fest.

„Wird schon schiefgehen“, dachte Nala. Sie trug ihr Werkstück ziemlich ungeschickt vor sich her. Genau in dem Moment, als sie direkt vor dem Ofen stand und die Tür aufmachte, verlor das Mädchen die Balance, strauchelte und rutschte aus. Krachend schlug das Blech mit dem gläsernen Pegasus auf den Boden und Nala knallte mit ihrer Hand an die heiße Umrandung des Brenners.

„Auuaaah! Verdammt tut das weh!“ Ein feuerroter Striemen zog sich quer über ihren Handballen und Unterarm.

„Nathalie! Was machst du denn! Bist du verrückt, die Ofentür einfach zu öffnen! Kaum lässt man dich einen Moment aus den Augen, stellst du den größten Mist an! Schnell, halt den Arm unter kaltes Wasser!“ Herr Krämer zog sie durch den Raum auf das Waschbecken zu. Der Strahl kühlte ihre Verbrennung. Im Schock spürte Nala weder Hitze noch Schmerz. Sie zitterte am ganzen Körper.

Aus Rosalies Gesicht war jede Farbe gewichen: „Die Prophezeiung! Du wirst durch Feuer und Angst gehen! Das haben die Zopfmenschen in ihrer Zeremonie vorhergesehen...“, raunte die Hexenschwester.

Der erfahrene Lehrer blieb hingegen gelassen. „Du bist zwar die erste aber sicher nicht die letzte Schülerin in dieser Klasse, die sich verletzt. Also, schön weiteratmen! Das wird wieder! Die Wunde schaut nicht so übel aus. Da hinten ist unser Verbandskasten, kann den jemand herbringen?“

Flink rannte Ilvy los und holte das rote Kästchen, das Medizin speziell für Verbrennungen enthielt. Selbst wenn der verletzte Arm für den abgehärteten Lehrer nicht besonders schlimm wirkte, standen die Klassenkameraden stumm und bleich im Kreis um Nala herum. Irgendjemand, ein Assistent wahrscheinlich, hatte die Ofentür geschlossen und die Brennzeit eingestellt. Nur der violette Pegasus lag zersplittert auf dem Boden. Entsetzt sammelte Vinzenz die Bruchstücke zusammen und legte sie zurück auf das Blech. Das Zittern, das durch Nalas Körper lief, ließ langsam nach. Wie aus einem Nebel tauchte sie wieder auf und wurde sich ihrer Lage bewusst. Erst jetzt fühlte Nala den Schmerz, der auf ihrer Haut brannte. So hatte sie sich das alles nicht vorgestellt.

„Zur Sicherheit bringen wir dich zur Schulärztin. Sie wird feststellen, ob du einen anderen Verband brauchst und wie schwer deine Verbrennung ist“, erklärte Herr Krämer. So kalt und hart er sonst wirkte, er hatte alles richtig gemacht, Nala beruhigt und sie gut versorgt.

„Darf ich sie begleiten?“, fragt Rosalie. „Ich weiß, wo die Praxis ist.“

„Also gut, geh mit. Ich werde deinen Drachen für dich aus dem Ofen holen.“ Mit diesen Worten entließ der Lehrer die beiden Mädchen.

Sobald sie außer Sichtweite waren, fielen sich die Freundinnen in die Arme.

„Ich weiß, die Prophezeiung! Irgendwie muss das wohl alles so sein. Trotzdem tut es grauslich weh“, jammerte Nala. „Wie konnte ich nur so blöd sein und gegen den Ofen stolpern?“

„Hast vielleicht Hänsel und Gretel spielen wollen?“, versuchte Rosalie zu witzeln. Zu scherzen war eben ihre Art, mit schwierigen Situationen umzugehen. Gar nicht so übel, denn Nala begann bei der Vorstellung zu schmunzeln.

Die Ärztin fand den Verband in Ordnung und der Grad der Verbrennung war ebenfalls nicht bedrohlich. „Kennst du Griseldis, die Kräuterhexe?“, fragte sie nebenbei. „Ich verwende ihr Johanniskrautöl. Es ist in der ganzen Gegend DAS Geheimrezept zur Heilung solcher Wunden. Die medizinische Salbe verschreibe ich dir trotzdem. Aber steck‘ das Fläschchen mit dem rötlichen Öl auch ein. Du kannst ja dann selber entscheiden, was dir mehr hilft. Komm bitte morgen zur Kontrolle vorbei.“ Mit einem Lächeln entließ die freundliche Ärztin die beiden Mädchen.

„Wow, Griseldis ist ja richtig berühmt! Sogar in einer offiziellen Arztpraxis wird ihre Kräutermedizin angewendet. Das müssen wir ihr erzählen!“, freute sich Nala.

Rosalie nickte nur: „Ich denke, sie weiß das. Bei uns in den Alpen gibt es viele Heiler, die von den Ärzten anerkannt werden. In unserem Krankenhaus wird zum Beispiel eine Steinölsalbe verwendet. Dieses stinkende Zeug wird hier in den Bergen gewonnen. Bei Pferden wirkt es total gut gegen Mücken im Sommer. Wir gehen so schnell wie möglich zu Griseldis. Vielleicht kennt sie noch andere geheime Mittel, um dir zu helfen.“

21 Träumen

Nala hielt ihren Arm steif nach vorne gestreckt. Die verbrannte Haut spannte sich und schmerzte unter dem Verband. Endlich waren sie im Steinkreis um Freya, die uralte Zirbe, angekommen. Griseldis hatte die beiden Mädchen erwartet und rasch zum Fuß des Baumes gebracht. Hier ließen sie sich nieder. Die Kräuterhexe wisperte Worte in einer geheimnisvollen, unverständlichen Sprache wie eine Zauberformel. Der murmelnde Singsang wirkte einschläfernd auf Sternenträumerin und Feuerwolf. Es war, als ob ein silberner Spinnenfaden ihr Bewusstsein einwickelte. Wie in einem Kokon eingesponnen schwebten die jungen Medizinlehrlinge und Griseldis in die andere Welt, unter den Eichenbaum, zu ihrer Lehrerin Blaue Feder.

„Durch Feuer und Schmerz, wirst du zu deiner eigenen Kraft kommen, kleine Schwester", begrüßte die Schamanin die beiden Mädchen und ihre alte Freundin.

Nala wollte protestieren und fragen, ob es wirklich notwendig ist, sich zu verbrennen, um etwas zu lernen. Sie erinnerte sich jedoch rechtzeitig an all die Weisheiten, die Blaue Feder ihr im letzten Sommer beigebracht hatte und schwieg. Immerhin war sie schon öfter davon überzeugt gewesen, dass die Medizinfrau sich irren würde. Genauso oft stellte sich heraus, dass ihr Wissen viel tiefer war, als Nala es erfassen konnte.

„Heute werdet ihr etwas über die Natur des Träumens lernen", begann Blaue Feder. Sie saßen rund um die Eiche. Bunte Medizindecken lagen auf der Erde ausgebreitet. Darin eingewebt waren ein weißer Büffel und das Medizinrad, das die Zopfmenschen in ihrer

Zeremonie benutzt hatten. Fini und Tendo saßen bequem in der Krone des Zauberbaumes.

„Wolfsherz, setz dich zu uns. Das Träumerwissen ist für alle Medizinlehrlinge wesentlich." Rosalie strahlte, als der dunkelhaarige Junge sich neben ihr niederließ.

„In unserer Kultur verwenden wir die Begriffe TRÄUMEN und LEBEN fast umgekehrt. Das Stammeswissen geht davon aus, dass alles, was geschieht, zuerst geträumt wird. Wenn du etwas kochen willst, musst du dir das Gericht vorstellen, es also erträumen. Du überlegst, welche Zutaten du verwenden wirst, wie es schmecken und riechen soll. Sobald die Speise in deinem Traum entstanden ist, weißt du, was du dafür brauchst, und kannst loslegen. Und in der alten Tradition gehen wir davon aus, dass es mit allen Dingen des Lebens so ist."

Gebannt hörten die Medizinlehrlinge zu.

„Heißt das, dass das Alltagsleben unser eigentlicher Traum ist?", wollte Nala wissen.

„Genau, Sternenträumerin! Und wir sind dazu da, aufzuwachen und diesen Traum ganz bewusst zu erleben. Viele Menschen sind eher Schlafwandler als wache Wesen. Sie lassen sich von ihrer Opferrolle täuschen und denken, dass ihnen das Leben geschieht, anstatt die Verantwortung für ihre Taten zu übernehmen."

„Die meisten verpennen also ihr Leben!" Das war Rosalie, mit ihrem trockenen Humor.

„Wie sollen wir denn aufwachen? Und was hat das überhaupt mit der Heilung von meinem verbrannten Arm zu tun?"

„Schamanische Teachings, erfordern ein wenig Geduld und sind manchmal nicht sofort zu verstehen.“ Nach diesen Worten machten es sich die drei Freunde auf den weichen Medizindecken noch bequemer. Es würde dauern. Sie freuten sich, denn Blaue Feder erzählte ihre Geschichten immer spannend und interessant.

„Für die nächsten Wochen habt ihr eine Aufgabe. Wir nennen es: das UMTRÄUMEN. Ihr werdet euch jeden Abend und jeden Morgen mit dieser Kriegerdisziplin beschäftigen.“

Entschlossen sah Sternenträumerin die Schamanin an: „Was soll ich tun?“

„Zuerst gehe auf die Suche nach dem Moment vor dem Unfall, als du Kraft und Sicherheit verloren hast, nervös geworden bist...“

„Ich glaube, es geschah, als der Direktor befohlen hat, unsere Fabeltiere in den Ofen zu schieben. Sein blöder Tonfall bringt mich sofort durcheinander“, erinnerte sich Nala.

Blaue Feder nahm den Faden auf: „Das ist ein guter Zeitpunkt, um das Umträumen zu beginnen. Was ist IN dir passiert, als dein Lehrer mit diesem Tonfall, der dich so stört, gesprochen hat. Wie hast du reagiert?“

„Ich bin erstarrt, konnte nicht mehr frei atmen und meine Bewegungen sind eingefroren. Darum bin ich gestolpert.“ Nala spürte die körperlichen Auswirkungen beim Erzählen fast genauso stark wie vor dem Unfall. Auch die anderen hörten, wie ihre Stimme schwächer wurde und sahen, dass das Mädchen sich verspannte und zusammenzog.

Erstaunt beobachtete Rosalie ihre Freundin: „Wie gibt’s denn sowas? Nala wird ja nachträglich noch steif, wenn sie daran denkt.“

„Zeit ist eine Illusion. Das Unterbewusstsein ist immer im Hier und Jetzt. Sobald wir uns an Schmerzhaftes erinnern, sehen wir dieselben Bilder wieder, und unser Körper reagiert gleich oder ähnlich wie zum Zeitpunkt des Traumas. Das Unbewusste wirkt wie ein Speicher für alles, was geschehen ist, das Schöne und das Schreckliche. Genau darum ist es auch möglich, den Schmerz der Vergangenheit zu heilen."

„Die Vergangenheit heilen? Das klingt ziemlich schräg", wunderte sich Feuerwolf.

Die Medizinfrau lehnte sich zurück an den Stamm der alten Eiche, als ob sie die Weisheit des Baumes in sich aufnehmen wollte, um den Mädchen und Wolfsherz dieses große Geheimnis zu erklären. „Ihr habt mit eigenen Augen gesehen, wie intensiv Nala auf die sogenannte Erinnerung reagiert. Sie kann ihre Geschichte jedoch umschreiben. Ihr werdet sehen." Sie forderte ihre Lehrlinge auf: „Stellt euch verschiedene Möglichkeiten vor, wie man aus dieser Starre herauskommst. Die Lösungen dürfen realistisch oder magisch sein."

Nicht umsonst war ihr Medizinname Sternenträumerin, denn es fiel Nala überhaupt nicht schwer, sich auszudenken, was sie tun könnte, um sich zu befreien: „Anstatt mich zu fürchten und einschüchtern zu lassen, hätte ich mich zum Beispiel darauf freuen können, dass der wunderschöne Pegasus bald fertig gebrannt wird. Wie stolz wäre ich dann auf mein erstes Glaskunstwerk."

„Wunderbar. Du veränderst also deine Erwartungen, die Einstellung zum Problem. Wie fühlst du dich bei dieser Idee?", wollte Blaue Feder wissen.

Rosalie bemerkte die Veränderung: „Sie strahlt richtig und wirkt total vergnügt!"

„Stimmt, es geht mir gleich besser", auch Nala hatte sich beobachtet.

„Du musst mindestens drei gute Alternativen finden, um die schwierige Situation, in die du dich zurückversetzt hast, zu verändern. Also weiter. Wolfsherz und Feuerwolf, ihr könnt eure Fantasie spielen lassen und mithelfen. Ihr alle sollt diese Heilungstechnik lernen".

Wolfsherz, der aufmerksam zugehört hatte, schlug vor: „Nala hat erzählt, dass ihr die Luft weggeblieben ist. Vielleicht hilft es ihr, sich auszumalen, dass sie tief ein- und ausatmet und ihren Körper wieder spürt?"

Bereits während ihr Medizinbruder gesprochen hatte, begann Nalas Atem zu fließen und sie stieß einen Seufzer der Erleichterung aus.

Blaue Feder kommentierte: „Die körperliche Ebene umzuträumen und so zu heilen ist äußerst wirksam, wie ihr seht."

Rosalies Vorschlag war ganz ungewöhnlich: „Ich weiß, es klingt komisch. Ich sehe, wie eine winzige Elfe neben Nalas Kopf flattert und sie mit einem Zauberstab berührt. Auf der Stelle bildet sich eine schillernde Schutzkugel um Nala herum. Sie sieht aus wie eine magische Seifenblase. Irre schön ist das. Geschützt in diesem Raum schwebt sie mit ihrem Pegasus sicher zum Ofen."

Griseldis kicherte los: „Du hast ja eine blühende Fantasie! Wir benutzen mystische Elemente, wenn uns keine naheliegende Lösung einfällt oder weil das einfach Spaß macht". Zum ersten Mal meldete sich die Kräuterhexe zu Wort. Sie hatte offenbar Freude an Rosalies märchenhafter Anregung. „Mein Großvater hat mir gesagt, dass ich mir Lehrer, vor denen ich Angst habe, nur mit einer Unterhose bekleidet vorstellen soll. Das ist eine witzige Variante des Umträumens, funktioniert auch manchmal...", schmunzelte die Hagazussa.

„Gefällt mir eigentlich am besten!", grinste Rosalie ihr zu. Die beiden hatten denselben Sinn für Humor.

„Unglaublich", Nala sah entspannt aus. „Wenn ich mich jetzt zurückerinnere, geht's mir viel besser."

Blaue Feder war zufrieden. „Richtig, denn du hast die Vergangenheit verändert. Genauer gesagt, deine innere Haltung zur Vergangenheit. Nun stell dir vor, wie du aufmerksam und sicher mit dem Pegasus auf den Ofen zugehst und ihn vorsichtig hineinschiebst. Beobachte, wie die wunderschöne Glasfigur fertig wieder herauskommt. Dein Arm ist heil geblieben. Genieße das Gefühl, dass dir die Arbeit gelungen ist und du dich darüber freust."

Nala strahlte übers ganze Gesicht. Griseldis nahm ihr den Verband ab. Die roten Striemen hatten sich aufgehellt und waren kaum mehr sichtbar. Erstaunt starrten die Medizinlehrlinge auf Nalas Arm. „Die Heilung deiner Wunde wird beschleunigt, weil innere Bilder unseren Körper formen. Inzwischen haben sogar Physiker bewiesen, dass Gefühle die Realität erzeugen. Das sind neueste wissenschaftliche Erkenntnisse und nicht nur alte Zauberei. Das bedeutet natürlich nicht, dass du mein Johanniskrautöl verschmähen sollst, oder was immer dir die Ärztin rät und verschreibt."

„Das ist eure zukünftige Kriegeraufgabe: Ihr lasst jeden Abend den Tag vorüberziehen und haltet Ausschau nach Situationen, in denen ihr Kraft, Mut und Lebensfreude verloren habt. Es muss nicht so dramatisch sein wie der Unfall von Nala. Sobald ihr euch über jemanden ärgert oder vor etwas fürchtet, verliert ihr Energie. Wenn ihr fündig geworden seid, träumt die Szene um. Findet mindestens drei Wege, stärker, gelassener und fröhlicher mit dem Problem umzugehen. Übt ihr regelmäßig, fallen euch mit der Zeit in jeder schwierigen Begegnung viele Möglichkeiten ein, um anders als gewohnt zu handeln. Es wird immer leichter und schneller gehen. Irgendwann verändert ihr die Situation, noch bevor sie geschieht."

„Übung macht den Meister", Nala fiel gleich ein passendes Sprichwort ein.

„Das stimmt, darum praktiziert diese Kriegerdisziplin täglich. Eine Kriegerin des Lichts wird bei regelmäßigem Training in allen Lebenslagen blitzschnell Auswege und Lösungen erkennen, denn sie ist vorbereitet", erklärte Blaue Feder. „Am Morgen, nach dem Aufwachen, erinnert euch an einen Traum. Falls ihr in der Traumgeschichte Energie verloren habt oder voller Angst wart, wendet dieselbe Methode an wie beim Tagtraum. Holt eure Kraft zurück!"

„Wie lange sollen wir denn üben?", fragte Rosalie ein wenig misstrauisch.

„Mindestens drei Wochen, du faule Nudel!" Griseldis schmunzelte. „Das gefällt dir wohl nicht, aber nur dadurch geht es dir in Fleisch und Blut über."

Währenddessen setzte in der verlassenen Werkstatt der Schule Herr Krämer den zerbrochenen Pegasus zusammen. Die feinen Risse würden nicht mehr sichtbar sein, sobald das Glas geschmolzen und gebrannt war. Die neue Schülerin hatte ein außergewöhnliches Talent, das fiel dem Lehrer beim Anblick des leuchtend violetten Fabeltieres mit den silbernen Flügeln auf. „Ein dickeres Fell könnte sie brauchen", dachte er.

22 Pegasus

Am nächsten Morgen gingen die Freundinnen wieder in die neue Schule. Was als Abenteuer und Wunschtraum begonnen hatte, war für Nala schnell zu einer schwierigen Herausforderung geworden. Sie liebte das Zeichnen und Entwerfen zwar immer noch, in den Unterricht zu kommen und sich mit ihrem Versagen zu konfrontieren, war aber nicht das, was sie sich wünschte.

„Mein Drache ist sicher cool", Rosalie hatte allen Grund, sich zu freuen. Als sie die bekümmerte Miene ihrer Freundin bemerkte, schwieg sie betroffen.

„Der Pegasus wandert höchstens in den Müll", meinte diese verzweifelt und ließ den Kopf hängen.

„Wie geht es deinem Arm? Zeig' her!", Vinzenz stürzte sofort herbei.

Auch Ilvy und Malini, das Mädchen aus Indien, interessierten sich dafür, wie es Nala mit ihrer Verletzung ging. Sie umringten die beiden Freundinnen. Sternenträumerin war der Ansturm peinlich und sie versuchte, verlegen auszuweichen. Doch Rosalie zerrte an ihrem Unterarm.

„Komm, zeig ihnen, wie toll du wieder zusammengeheilt bist", forderte sie Nala auf. Manchmal vergaß die stürmische Freundin, wie schüchtern sie war.

Malini, die indische Schülerin, die selber eher zurückhaltend wirkte, mischte sich ein. „Du brauchst uns deine Verletzung natürlich nicht zu zeigen. So war das nicht gemeint. Ich hoffe nur, dass es dir wieder bessergeht.“

Vinzenz hatte inzwischen auch bemerkt, dass Nala das viele Interesse zusetzte, und lächelte cool: „Ein Indianer kennt keinen Schmerz, oder?“ Das war seine Art, das Mädchen in Ruhe zu lassen und zu schützen.

Alle Schülerinnen und Schüler flitzten auf ihre Plätze. Herr Krämer strebte mit schnellem Schritt dem Klassenraum zu. Das Gewisper und Kichern, das eben noch das Zimmer erfüllt hatte, verstummte. Die Mädchen und Jungs standen auf und begrüßten den Direktor, bevor das übliche Stühlerücken wieder losging. Die Disziplin, die herrschte, sobald er eintrat, war nicht das Unangenehmste. Irgendetwas irritierte Nala zutiefst, vielleicht die kalte, harte Stimme? Die stramme Haltung? Der herablassende Blick?

„Ich muss herausfinden, wieso mich dieser Lehrer so aus der Fassung bringt, sonst bin ich verloren“, stellte sie fest.

„Immer an die Unterhose denken...“, flüsterte Rosalie ihr verschmitzt zu.

„Du bist unmöglich“, murmelte Nala zurück. Sie hatte jedoch ein leises Lächeln im Gesicht.

„Auf, auf, in die Werkstatt! Ihr wollt sicher eure ersten Kunstwerke bewundern. Manche mehr, mache weniger. Wir werden sehen.“

Nala schleppte sich neben Rosalie durch die langen Gänge bis zur Glasbläserei. Alle anderen würden ihre Fabeltiere in den Händen halten. Nur sie hatte ihr Werkstück verpatzt. Als sie vor ihre

Arbeitsplätze traten, freuten sich die Mädchen und Jungs über die bunten, leuchtenden Wesen, die sie geschaffen hatten. Selbst der Wolpertinger von Vinzenz hatte einen verwegenen Charme. Nala, die sich entmutigt vor ihre Werkbank schlich, staunte. Da lag ihr Pegasus! Wunderschön, schillernd und einfach perfekt! Wie konnte das sein?

Herr Krämer stand hinter ihr: „Ist ganz gut geworden."

Nala dreht sich zu ihm um: „Wie...? Wieso...?"

„Das ist der Vorteil von Glas. Es ist zerbrechlich. Wir können es aber auch wieder schmelzen und zusammenfügen. Faszinierend, oder?"

Schmunzelte der Krämer? „Haben Sie ihn geflickt?", fragte Nala.

„Du warst ja beschäftigt. Wie geht's dir übrigens? Was hat die Ärztin gesagt?", seine Stimme klang nun doch ein wenig besorgt.

„Nicht so schlimm. Es tut fast nicht mehr weh. Heute muss ich zu einer Nachuntersuchung bei ihr."

„Pass auf dich auf. Dass du Talent hast, sieht man. Du musst wissen, Stress gehört zum Arbeiten dazu, sowas kann ich dir nicht ersparen."

Rosalie, die heimlich zugehört hatte, raunte: „Er findet, dass du begabt bist. Ist doch super!"

„Ha, ha, und er will mir Druck machen, damit ich abgehärtet werde. So ist das. Aber der Pegasus ist so schön geworden! Ich möchte fliegen können, wie er", freute sich Nala.

„Vor allem ist Pegasus angeblich unsterblich. Das könnten wir brauchen, bei unseren Abenteuern. Wenn ich an den Sommer zurückdenke...“

23 Plan

„Ich hab' eine tolle Idee für die Herbstferien!" Rosalies Locken wippten vor Aufregung.

Nala unterbrach das Putzen von Lilou. Sie war richtig versunken in diese Tätigkeit. Obwohl das weiße Pferd bereits glänzte, konnte das Mädchen nicht aufhören, der Stute übers Fell zu streichen. Ihr nahe zu sein, erfüllte Sternenträumerin mit überschäumender Freude.

„Was hast du dir denn jetzt wieder Verrücktes ausgedacht?" Neugierig blickte sie zu ihrer Freundin, die den Sattel auf Gandalfs Rücken schwang.

„Erzähl' ich dir beim Reiten. Komm, mach weiter, sonst wird es dunkel, bevor wir zurück sind."

„Du hast es immer eilig, ist dir aufgefallen, dass dein Temperament ganz schön anstrengend ist?", seufzte Nala.

Zu sechst zogen sie los. Auf welchen geheimnisvollen Wegen Fini und Tendo jedes Mal wussten, wann sie losritten, hatten die beiden Mädchen noch nicht herausgefunden. Ohne sich abzusprechen, schlugen sie den Weg zum Hexenhäuschen ein, ihrem Lieblingsziel für einen langen Ritt.

„Lass hören, du wildes Wolfsmädchen. Was hast du denn ausgeheckt?", fragte Nala.

„Kennst du die Sagen von den Schlernhexen?“

„Schlernhexen? Nie gehört!“, sie blickte erstaunt zu Rosalie. Die streichelte beruhigend Gandalfs Hals. Er beschleunigte das Tempo, als würde er die Worte verstehen, die seine junge Reiterin aussprach.

„Der Schlern ist ein Berg mit einem uralten Kultplatz. Unzählige Sagen erzählen davon, dass sich in vergangenen Zeiten die Hexen des ganzen Landes zum Tanz versammelt haben. Ich glaube, bei euch in Deutschland gibt es einen ähnlichen Ort, Blocksberg heißt der.“

Nalas Augen blitzten auf: „Klar kenne ich diesen Hexenberg und die Geschichten darüber. Sowas existiert auch in Tirol?“

„Was glaubst du denn? Nur ist der Schlern viiiiel höher als euer Hügel!“ Rosalie gab gern mit der Wildheit der heimischen Berge an. „Er ist fast dreitausend Meter hoch und statt eines Gipfels hat er ein riesiges Plateau. Einen Hexentanzplatz, so erzählt man sich jedenfalls.“

„Da müssen wir rauf! Am schönsten wäre es, auf diesen Kultplatz zu reiten. Ist der Weg sehr steil?“, fragte Nala.

„Keine Ahnung. Eben deswegen möchte ich zu Griseldis. Die weiß sicher, wie es da oben aussieht.“ Rosalie duckte sich unter den niedrigen Ästen der Tannen. Sie zog ihren Kopf ein, um nicht mit den Haaren in den Nadeln der Bäume hängen zu bleiben. Die Araberstute Lilou war nicht so groß wie der Noriker und deshalb konnte Nala viel leichter durchs Geäst schlüpfen als ihre Freundin. Fini sprang abwechselnd von Ast zu Ast, landetet dann wieder federleicht auf Gandalfs Hinterteil oder kletterte seiner Mähne entlang. Das imposante Kaltblut ertrug das Gehüpfe stoisch.

Rosalie malte sich ihr Abenteuer weiter aus: „Stell dir vor, wir könnten ein Zelt mitnehmen, einen Schlafsack und oben auf dem Hexentanzplatz übernachten. Die Pferde finden dort sicher genug Gras. Wir nehmen uns einen Kessel mit, kochen Kräutertee und brauen uns eine Suppe aus Pilzen, die wir sammeln..."

Nala grinste: „Nun, mach doch nicht auf Überlebenskünstlerin. Du nimmst bestimmt zur Sicherheit eine Riesentafel Schokolade mit, wie ich dich kenne."

Rosalie konnte sich das Kichern nicht mehr verkneifen: „Na, ja... Verhungern will ich nicht. Ein bisschen Schoki gönnen wir uns!"

Der Ritt zum Häuschen, in dem Griseldis wohnte, war traumhaft schön. Der Herbstwald leuchtete im Sonnenlicht. Die Blätter färbten sich strahlend gelb und rot. Der blaue Himmel wirkte fast kitschig. Zielstrebig näherten sie sich der Hütte. Als die Mädchen endlich auf der Hochalm ankamen, waren sie voller Vorfreude auf die Pläne, die sie schmieden wollten. Das Eichhörnchen war vorausgesprungen und wartete auf dem Schoß der Kräuterhexe. Die saß auf der hölzernen Bank in der Sonne.

„Da seid ihr ja", begrüßte sie die Mädchen. „Fini ist schon lange da."

„Sie ist, wie immer, die Schnellste." Rosalie strahlte vor Stolz auf ihr flinkes Medizintier. Sie hatte jedoch nicht mit Tendo gerechnet. Lauthals krächzend stürzte sich der Rabe von oben auf ihre roten Locken.

„Er ist wohl nicht ganz einverstanden damit, dass du Fini lobst und bevorzugst", versuchte Nala den frechen Angriff Tendos zu entschuldigen.

„Okay. Hast ja recht!“, gab Rosalie zu, während sie mit den Armen fuchtelte, um Tendo zu verscheuchen. „Du bist der Aller-, Allerschnellste. Schließlich gehörst du zu den geflügelten Wesen. Und wer könnte euch in dieser Hinsicht übertreffen?“

Der schwarze Vogel, der inzwischen auf dem Hüttendach saß und sich aufplusterte, blickte hochmütig von seinem Aussichtsplatz herunter. Er putzte sein Gefieder und schimpfte vor sich hin.

„Mann, ist der empfindlich.“ Rosalie schüttelte den Kopf.

„Sag ich ja. Tendo ist eine Mimose, aber mein allerliebster Freund.“

„Setzt euch zuerst einmal hin. Ihr habt sicher Durst. Wie wäre es mit einem kühlen Hollersaft?“ Griseldis holte einen Krug und Becher aus ihrer Hexenküche und schenkte den Mädchen ein. Durstig stürzten sie den köstlichen Trank hinunter.

„Genießt den Saft aus Holunderblüten. Wie alle Pflanzen haben sie eine Heilwirkung und eine eigene Geschichte. Unter einem Hollerbusch, so nennen wir hier in Tirol diese Pflanze, ist die Heimat unserer Ahnen. Es bringt Glück, einen Holunderstrauch nahe beim Haus zu haben. Genauso, wie es Unglück anzieht, ihn abzuschneiden. Denn dann haben die Ahnengeister keinen Platz mehr. Auf Englisch heißt die Pflanze ‚ancester tree‘ oder ‚elder tree‘, also Ahnenbaum. Auch Erdwesen wie Zwerge und Gnome sind unter den Büschen zu Hause. Daher darf man nichts abschneiden, ohne vorher die Wesenheiten um Erlaubnis zu fragen. Vor nicht so langer Zeit haben die Menschen hier im Tal den Hut gezogen und haben gegrüßt, wenn sie bei einem Hollerbusch vorbeigegangen sind. So ehrten sie Ahnen und Geister, die unter dem Busch hockten. Der Holunder war schon immer eine der wichtigsten Heilpflanzen. Sein Name stammt vom althochdeutschen Wort ‚Holun‘ für heilig. ‚Tar‘

bedeutet ‚Baum' oder ‚Strauch'. Er wurde als Wohnsitz der germanischen Göttin Frau Holle verehrt, die als Himmelsgöttin über die vier Elemente und die Jahreszeiten regiert und auch für das Totenreich zuständig ist."

„Meinst du jetzt DIE Frau Holle aus dem Märchen?", wunderte sich Nala.

„Ja genau! Sie ist eine Gestalt aus alten Zeiten, in denen das Wünschen noch geholfen hat...", Griseldis Stimme klang anders, tiefer und undeutlicher, wenn sie von diesem Mythos sprach: „Holda bedeutet ‚die Holde', es ist die Strahlende und Licht bringende Göttin voller Weisheit und Güte. Die Essenz des Baumes wirkt beruhigend, kräftigend und reinigend. Sie bringt Klarheit ins Leben und hilft uns, den richtigen Weg zu finden. Das werdet ihr brauchen. Also, genießt euren Trank."

Fasziniert hörten die Mädchen zu. Diese ganze Zauberkraft sollte in dem erfrischenden Saft eingefangen sein? Mit solchen Informationen fühlte es sich irgendwie anders an, einen tiefen Schluck des kühlen Getränks zu sich zu nehmen. Und trotzdem! Ah! Es schmeckte köstlich.

Ernst fragte Rosalie: „Griseldis, weißt du eigentlich etwas über den Schlern, den Hexenberg?"

Amüsiert blickte die Kräuterfrau zu den Mädchen: „So, so... Das hätte mich auch gewundert, wenn euch beiden Neugierdsnasen dieser sagenumwobene Gipfel nicht aufgefallen wäre. Da gibt es jede Menge Hexengeschichten. Ja, wo fange ich da am besten an...?"

Griseldis nahm einen tiefen Schluck aus ihrem Becher. „Was wisst ihr denn über die Schlernhexen?"

Rosalie dachte nach: „Eigentlich nicht viel, obwohl ich hier aufgewachsen bin."

„Diesen besonderen Wesen wird nachgesagt, dass sie Wetterhexen sind. Sie können Gewitter abwehren, aber auch anziehen. Stellt euch also gut mit ihnen, wenn ihr auf den Berg reitet. Wie in vielen Naturphilosophien gibt es in der indianischen Tradition Medizinmänner und -frauen, die den Wind rufen und drehen können. Lame Deer, ein Heiler aus dem Stamm der Lakota, hatte diese Fähigkeit. Ich kannte ihn gut. Er war unglaublich lustig und liebte es zu lachen." Griseldis dachte kurz nach, sie musste selbst lächeln bei der Erinnerung an ihren Freund aus der Medizingesellschaft der Zopfmenschen. Dann sprach sie weiter: „Aber zum Wetterhexen muss man sehr viel von der Natur verstehen."

„Die Menschen hatten Angst vor Hexen, nicht wahr?", fragte Nala.

Griseldis schönes, wettergegerbtes Gesicht blickte kummervoll: „Leider, kann ich nur sagen. Denn diese oft kräuterkundigen Heilerinnen waren im Mittelalter den männlichen Doktoren im Weg. Die wollten unter anderem die Zunft der Hebammen ausrotten. Auch deshalb ist das alte Medizinwissen in Verruf gekommen, und mit ihm die Menschen, die es anwendeten. Viel Unsinn ist da verzapft worden..."

„Kennst du denn keine schönen Geschichten über Hexen?" Feuerwolf gab nicht auf.

„Doch, es gibt die Legenden über die Saligen, so nennt man wunderschöne, sagenhafte Frauen, die den Rosengarten hüten, viele alte Mythen erzählen von ihnen. Vor allem aber eine Gestalt wird dir gefallen Rosalie", sagte die Hagazussa.

Das Mädchen rückte näher an die Geschichtenerzählerin heran. „Ich bin schon gespannt...“.

„Da gibt es die gute Hexe Martha. Sie hat die Berge und Pflanzen der Alpen geliebt. Die Martha war zutiefst verbunden mit dem Leben hier. Viele Menschen haben ihre Heilkunst geschätzt und von ihrem magischen Wissen profitiert. Vor allem aber konnte sie sich in ein Tier verwandeln, und zwar in ein Eichhörnchen.“

Ruhig war es geworden. So still, dass man eine Stecknadel zu Boden fallen gehört hätte. Rosalie schaute verwundert und neugierig zu Fini, die am Zaun herumkletterte.

„Du glaubst doch nicht...?“, stammelte sie.

„Wer weiß...“, antwortete Griseldis.

Schweigend blickten die Mädchen von ihrer Bank vor der alten Hütte ins Tal. Tendo zog seine Kreise in den Wolken und ließ einen krächzenden Schrei ertönen. War das möglich? Rosalie hatte erst vor kurzer Zeit ihre geliebte Fini gefunden und am Schlern gab es eine Hexe, die sich in so ein Krafttier verwandeln konnte? Sie mussten auf diesen Berg! Jetzt bestand kein Zweifel mehr.

Nala unterbrach die Stille, sie räusperte sich und fragte: „Am meisten interessiert uns, ob man auf den Schlern hinaufreiten kann. Wir haben ja bald Herbstferien. Das wäre doch ein toller Wanderritt.“

„Immer langsam mit den jungen Pferden. Was ihr für komische Ideen habt. Ihr seid noch lange nicht so weit“, murmelte Griseldis und schüttelte ihren Kopf.

Rosalie sprudelte den unausgegorenen Plan heraus: „Wir sollten möglichst bald so weit sein. Die Herbstferien beginnen in drei Wochen. Sag, ist der Weg breit genug für unsere Pferde?"

„Sicher. Auf dem Gipfelplateau vom Schlern weiden sogar Kühe. Die springen dort frei herum. Ein Viehweg führt bis hinauf. Aber, kommen eure Rösser mit Jungvieh klar? Das müsst ihr zuerst herausfinden. Von der Macht, die der uralte Kultplatz hat, ganz zu schweigen. Da gibt es Ahnengeister, die nicht zu jedem freundlich sind. Einen kleinen Vorgeschmack, wie verstörend Wächterenergien sein können, habt ihr bereits. Die magischen Kräfte auf diesem Weg sind noch viel heftiger, als ihr es euch vorstellen könnt."

„Wir sind Hexenschwestern, was kann schon groß passieren?", bemerkte Rosalie leichthin. „Außerdem nehmen wir Fini mit, die kennt sich dort vielleicht sogar aus?" Das Mädchen fühlte eine besondere Verbindung, jetzt, wo sie von dieser geheimnisvollen Hexe Martha wusste.

Nala jedoch wurde nachdenklich. Kühe fand sie unheimlich. Immerhin hatten sie Hörner, und ihren Gesichtsausdruck konnte das Mädchen nicht so gut deuten wie den von Pferden. Ob Lilou mit so einer Herausforderung zurechtkam?

„Auf einen Stierkampf hoch zu Ross habe ich eigentlich gar keine Lust", stammelte Sternenträumerin. Nein, so eine verwegene Aktion war nicht nach ihrem Geschmack.

Rosalies Abenteuergeist erwachte bei solchen Erzählungen hingegen erst richtig: „Ach! Cowboys treiben doch ganze Viehherden vor sich her. Das wird wohl nicht so schwer sein..."

Griseldis lächelte verschmitzt. „Mädchen, Mädchen... glaubt ihr wirklich, ihr seid ausgewachsene Hexen? Ihr werdet noch eure Wunder erleben..."

24 Wilde Jagd

„Hi... Hilfe... zu Hilfe!" Durch ihren eigenen Schrei geweckt schreckte Nala aus dem Schlaf.

„Was ist los? Hör auf zu schreien... Ist ja gut", versuchte Rosalie, ihre Freundin zu beruhigen. „Das war doch alles nur ein Traum!"

Das Mädchen schluchzte auf und ihr ganzer Köper bebte. Sie warf sich von einer auf die andere Seite ihres Bettes. „Ich... ich...", stotterte Sternenträumerin verwirrt. „Es fühlte sich so echt an."

„Gut, dass wir im selben Zimmer schlafen, so durcheinander wie du bist", fand Rosalie.

Nur mühsam brachte Nala ihre Gedanken unter Kontrolle. „Die wilde Jagd hat uns verfolgt. Mit Schwertern und Fackeln. Sie haben uns gefangen und eingesperrt, die Hütte angezündet. Es war so furchtbar... Rauch überall..."

„Langsam, schön der Reihe nach", mit sanfter Stimme versuchte Feuerwolf herauszufinden, was ihre Freundin so durcheinanderbrachte.

Stammelnd erzählte Nala: „Wir sind geritten... finstere Nacht... zuerst war alles gut... wir hatten Spaß... fühlten uns sicher... Wolfsherz ritt auf Wakanda... du mit Gandalf, Emanuel auf Wave, seiner Stute in der Zauberwelt."

„Klingt bis hierher nicht schlecht. Da wäre ich gern dabei gewesen."

„Du BIST dabei gewesen!“, stöhnte Nala.

„Aber warum sprichst du von der wilden Jagd?“, wollte Rosalie wissen. „Ich kenne bloß alte, gruselige Geschichten darüber. Ein Heer von Geistern auf Pferden und mit Hunden zieht durch die Nacht. Sie sind Seelen, die keinen Frieden finden auf der Suche nach Rache. Igitt, DAS hast du gesehen?“

„Na, ja, so was Ähnliches. Vielleicht lässt du mich einmal ausreden?“ Nala hatte sich zumindest soweit beruhigt, dass sie sprechen konnte.

„Ok, dann schieß los!“

„Also, wie gesagt, zuerst sind wir einfach gemeinsam im Wald gewesen. Alles war ganz normal.“

„Total normal? Als ob wir jede Nacht locker mit unseren Pferden unterwegs wären.“ Rosalie schüttelte den Kopf. „Was du eben unter ‚normal‘ verstehst.“

„Geht's wieder? Darf ich weitererzählen?“ Nala holte tief Luft: „Zuerst hörten wir so etwas wie Kettenrasseln, Keuchen, wütendes Gekläffe...“

„Brrrr... da schüttelt es mich richtig.“

„Immer lauter, immer näher kam der tosende Lärm. Bis ein kopfloser Reiter zwischen den Bäumen auftauchte. Hinter ihm ein ganzer Tross unheimlicher Gestalten.“

„Igitt, was für ein Alptraum!“ Rosalie klammerte sich an ihre Bettdecke.

„Es kommt noch schlimmer. Wir sind geritten, so schnell es ging, hatten aber keine Chance zu entkommen“, Nalas Gesicht verfinsterte sich. „Kennst du diese Art Traum, in dem du panisch rennst und nicht vom Fleck kommst?“

Rosalie nickte zustimmend. „Und, wie ging's weiter?“

„Totales Chaos, wir flüchteten in eine Hütte, bevor es zu rauchen begann. Dann bin ich von meinem eigenen Schrei aufgewacht.“ Nala umarmte ihre Freundin. „Es war grauenhaft.“

„Das müssen wir unbedingt umträumen. Wir sollten das doch jeden Tag machen. Gestern Abend haben wir es vergessen“, fiel Rosalie ein.

Nala seufzte: „Hoffentlich habe ich nicht öfter Alpträume, weil wir zu faul zum Üben sind.“

Feuerwolf schlug vor: „Wir spulen den Film deines Traumes rückwärts, bis wir den Moment finden, an dem der Schrecken anfing.“

„Lass mich nachdenken... Zuerst war alles in Ordnung. Dann hörten wir die Geräusche und der kopflose Reiter mit der Sichel in der Hand wurde sichtbar.“

Rosalie legte ihre Stirn in Falten, ihr Nachdenkgesicht. „Vorschlag: Der kopflose Reiter hat plötzlich einen Luftballonkopf mit einer Clownsmaske auf.“

„Nein, das beruhigt mich nicht. Clowns finde ich unheimlich. Ich hab keine richtige Angst vor ihnen, aber so eine Maske kann doch etwas Bedrohliches, Undurchsichtiges haben.“

„O.k., dann versuchen wir es mit einem Halloween Kürbis."

Nala schüttelte sich angewidert.

„Der Köpfchen eines niedlichen Kätzchens? Ein Smilyschädel? Ich hab's! Der Kopf sieht aus wie ein Kuscheltier, ein Teddybär!" Rosalies Fantasie war nicht zu bremsen.

„Einen Teddybärkopf finde ich lustig." Das Mädchen lächelte endlich.

„Das war nicht einfach. Aber gut, eine Lösung haben wir schon gefunden. Fehlen nur noch mindestens zwei. Das ist harte Arbeit. Die Sichel verwandeln wir in eine riesige Sonnenblume oder eine Winkehand, wie die eines Fußballfans?", Feuerwolf kam in Fahrt.

„Die Winkehand ist großartig." Nala konnte so das Bild der unheimlichen Sichel ersetzen.

Sternenträumerin sprühte vor Ideen, jetzt lief auch ihr Gehirn auf Hochtouren. „Statt dem blöden Gerassel und Heulen würde ich lieber ein Lied hören."

„Riders in the Storm, oder was?", die Ironie ihrer Freundin war unübertrefflich.

„Nicht schlecht, ich suche aber etwas richtig Absurdes."

Rosalie trällerte fröhlich drauflos: „Kling, Glöckchen klingelingeling... kling Glöckchen kling".

Nala kicherte. Wieder ließ sich Feuerwolf anstecken. Bald krümmten sich die Mädchen vor Gelächter. „Das... ist... so verrückt...!", stieß Sternenträumerin hervor. „Kling, Glöckchen, klingelingeling... Ich kann nicht mehr...", japsend erholten sie sich langsam.

Feuerwolf stammelte: „Und? Hast du deine Kraft zurückgeholt?"

Immer noch lachend antwortete Nala: „Ich fühl mich jetzt stärker als vor dem Einschlafen."

„Dann haben wir die Übung erledigt?", forschte Rosalie nach.

„Ich hab so viel Energie und will nicht mehr davonlaufen. Eigentlich möchte ich umkehren, diesen blöden Gestalten entgegengaloppieren und sie vertreiben."

Feuerwolf war begeistert: „Gut, dann lass es uns zu Ende bringen. Stell dir vor, wie du auf Lilou die Gespenster durch den Wald davonjagst. Wir anderen stürmen hinter dir her, johlen und lachen sie aus, bis wir fast vom Pferd fallen. Wie gefällt dir das?"

Die Freundinnen klatschten sich ab. „Umträumen gelungen!"

Wie notwendig sie diese Übung hatten, ahnten die beiden noch nicht.

25 Hunkapi

Sobald das Wochenende nahte, radelten die Mädchen in Windeseile zum Stall. Sie kümmerten sich zwar jeden Abend um ihre Lieblinge Gandalf und Lilou, für mehr als ein wenig Putzen oder einen Spaziergang blieb während der Schulwoche jedoch keine Zeit. Außerdem wurden die Tage kürzer, die Nächte länger und die Luft kühler. Der Herbst war ins Land gezogen. Besorgt musterten die beiden Freundinnen die Bergspitzen ringsum. Sobald der erste Schnee in den Hochebenen fiel, konnten sie ihr Vorhaben, auf den Schlern zu reiten, vergessen.

„Also, ihr Wetterhexen da oben, helft uns ein bisschen und lasst die Sonne scheinen, damit wir euch besuchen können", wünschte sich Nala.

Sie und Rosalie waren wild entschlossen zu diesem Ausflug. Ihre Eltern hatten sie bisher nicht eingeweiht. Dazu fehlte ihnen der Mut.

„Zu Griseldis?", viele Worte mussten sie nicht wechseln. Sie wussten stillschweigend, wohin ihr Herz sie zog.

Die beiden Pferde verstanden sich so ausgezeichnet wie ihre Reiterinnen, auch wenn ihre Wesen sehr gegensätzlich waren. Sie spiegelten die Freundinnen in ihrer Verschiedenheit. Der mutige, unerschütterliche Gandalf ergänzte die sensible und vorsichtige Lilou, sie folgte ihm. Die Araberstute wurde allmählich ausgeglichener, denn die neue Umgebung und das Zusammensein mit Nala taten ihr sichtlich wohl. Den steilen Weg zur Hütte liebten sowohl die Hexenschwestern als auch die Pferde. Alle sechs zogen los. Tendo und Fini gehörten zu dem kleinen Trupp stets dazu. Sie saßen abwechselnd auf den Schultern der Mädchen, den Pferderücken oder sprangen und flogen durch den Wald. Endlich erreichten sie die Hütte.

Als die Hexe nicht wie üblich auf ihrer Hausbank wartete, rief Nala: „Sissi und Franzi, wo seid ihr?“ Die beiden Geißen hüpften mit übermütigen Bocksprüngen über die Weide. „Wo ist denn Griseldis?“

„Bääääähhh...“, meckerten die Zicklein.

„Wie ihr meint! Wir finden auch allein hinters Haus zu Freya“, verabschiedeten sich Sternenträumerin und Feuerwolf. Sie ließen ihre Pferde auf der Koppel bei Sissi und Franzi und betraten den Steinkreis voller Vorfreude. Die beiden Medizinlehrlinge lehnten sich an den verwitterten Stamm der alten Zirbe und atmeten den würzigen Duft des Harzes ein.

„Wir brauchen Fini, damit sie die Welten verwebt.“ Rosalie wartete auf ihr Krafttier. Schon kletterte es auf den Zauberbaum.

„Du musst dich entspannen und mit der Natur verschmelzen. Erst wenn du eins wirst mit allem, was da ist, öffnet sich das Tor in die Traumwelt.“ Nalas Finger gruben sich in die Erde. Sie berührte die Wurzeln Freyas, die sich am Boden entlang schlängelten. Mit jedem Ausatmen sanken die Mädchen tiefer in die untere Welt. Dann verschob sich die Sphäre. Ihre Körper kippten nach vorn wie in einer Achterbahn. Plötzlich hingen sie kopfüber in den Zweigen der alten Eiche, viele Kilometer entfernt. Das war die ungewöhnlichste Reise in die Traumwelt, die Nala jemals gemacht hatte. Vergnügt kletterten die Mädchen gemeinsam mit Fini durch die starken Äste des Baumes hinunter auf die Erde Südfrankreichs.

Die Mustangherde galoppierte über die Lichtung. Schnaubend stürmte sie auf den Platz unter der Eiche zu. Rosalie begrüßte Tanzendes Feuer. Auf dieser Fuchsstute war das Mädchen zum ersten Mal in der Anderswelt geritten. Es war das Leittier der kleinen Herde. Mondlicht, eine gescheckte, sanfte Pintostute hatte Nala gelehrt, im Galopp ohne Sattel über die Wiesen zu fliegen. Begeistert kraulte Sternenträumerin die Mähne ihrer Pferdefreundin. Die Fohlen staksten ihren Müttern hinterher. Rosalies Augen leuchteten auf, als Wolfsherz auf Wakandas Rücken angeritten kam. Wie immer trug er eine Lederhose mit Fransen. Sein langes Haar wurde von einem Stirnband zurückgehalten und er winkte den Mädchen zu. Blaue Feder erschien einfach. Wie sie das machte, war ihnen ein Rätsel. Das Licht zwischen den Pferden schien sich zu verändern, zu schimmern, zu flirren und die Schamanin war plötzlich da.

„Ich bin so froh, dass wir einen zweiten Steinkreis entdeckt haben", sagte Nala. „Nur so kann ich weiter bei dir Lehrling sein."

„Es gibt immer einen Weg", antwortete die Medizinfrau geheimnisvoll.

Im Kreis sitzend, warteten sie darauf, was Blaue Feder heute preisgeben würde: „Einen Moment gedulden wir uns noch", kündigte sie an.

Erstaunt blickten sich Wolfsherz und die Mädchen an. „Wer fehlt denn? Griseldis?", fragte Nala.

Es knackste in der Krone der Eiche. Als Sternenträumerin aufmerksam in das Blätterdach guckte, wurde die umgekehrte Gestalt Emanuels sichtbar.

„Weltenhüter! Da bist du ja!", am liebsten wäre sie aufgesprungen, um ihn zu umarmen.

„Die Zauberer der Zopfmenschen vereinbaren keine Termine, um ihre Schüler zu treffen. Wir verlassen uns auf die Herzenswünsche, die uns durch Raum und Zeit zusammenführen. Ihr habt ein gutes Gespür füreinander entwickelt. Nur so könnt ihr euren Medizinweg gemeinsam gehen."

Die Lehrlinge hatten sich versammelt. Ihre Sinne waren hellwach und übernatürlich scharf.

Blaue Feder begann: „Hunkapi (hoon-KAH-pee), allem, was lebt, bin ich verwandt. Davon sind die alten Völker überzeugt. Es ist so selbstverständlich, dass wir nicht einmal darüber sprechen müssen. Ihr Menschen der technischen Welt kennt diese Weisheit nicht mehr. Alle Tiere sind unsere Brüder und Schwestern und das sind nicht nur bedeutungsleere Worte. Wir fühlen uns wirklich verwandt und begegnen ihnen mit Liebe und Respekt. Sie gehören zur Familie und können uns lehren und unterstützen. Wenn Tiere uns geholfen haben, sind sie wie ein älterer Bruder oder eine Schwester. Manche sind Gefährten wie gleichaltrige Verwandte, und wir erkunden gemeinsam mit ihnen die Welt. Falls sie Schutz brauchen, behandeln wir sie wie jüngere Geschwister und passen auf sie auf. Das alte Volk liebt alle Geschöpfe. Mit jeder Faser unseres Seins sind wir verbunden mit den Brüdern und Schwestern aus dem Tierreich. Sie sind für uns Boten aus anderen Dimensionen. Ihr denkt, dass die Pferde von euch lernen. Bei uns ist das oft umgekehrt. Tiere können für uns sogar weise Ratgeber sein."

„Genau das haben wir im Buch der magischen Krafttiere gelesen. Die Kelten hörten auf den Rat ihrer Pferde oft mehr als auf ihre Könige", erinnerte sich Nala.

„Die Nordmenschen waren ein weises Volk mit einer echten, lebendigen Verbindung zu ihren Verwandten", bestätigte Blaue Feder.

„Gibt es auf dem Medizinrad eigentlich einen Platz für die Tiere?“, fragte Rosalie.

„Wir haben sogar ein eigenes Rad für sie.“ Wieder zeichnete die Schamanin einen Kreis in den Sand. „Im Süden, am Ort des Wassers, sind die Schwimmer zu Hause. Alle Fische und Meeressäugetiere wie Delfine und Wale gehören hierher. Diese Riesen der Ozeane nennen wir die Bibliotheken von Großmutter Erde. Sie erinnern sich und uns an das gesamte Wissen unseres Heimatplaneten. Es gibt eine Weissagung. Wenn die Wale ausgestorben sind, wird auch das Leben auf dem Planeten nicht mehr möglich sein. Sie sind von elementarer Bedeutung für das gemeinsame Überleben.“

Nala sagte entschlossen: „Dann müssen wir diese wundervollen Tiere beschützen.“ Wolfsherz, Emanuel und Rosalie nickten.

Blaue Feder fuhr fort: „Im Westen des Medizinrades finden wir die Kriechtiere. Dazu gehören Reptilien und Amphibien. Sie bewegen sich in und ganz nah an der Erde wie die uralten, weisen Schildkröten. Zaubertiere wie Frösche und Kröten sind dort zu Hause. Es gibt Heilerinnen und Heiler aus der sogenannten ‚Schule der Klapperschlangen‘. Sie hüten das Wissen über Arzneimittel und Gifte.“

„Die Äskulapnatter ist auch bei uns das Symbol für Ärzte und Apotheker!“ Emanuel, dessen Eltern als Heilpraktiker arbeiteten, wusste das.

„Im Norden des Rades, am Platz des Windes, leben die Vierbeiner. Die Pumas, Wölfe, Eichhörnchen, Pferde und Hirsche.“

Fini kam angesprungen und hüpfte ausgelassen über den Kreis, den die Schamanin in den Sand gezeichnet hatte. Das zierliche Tier jagte seinem eigenen Schwanz nach, bis alle lachten. Erst dann setzte es sich zu Rosalie und Blaue Feder sprach weiter: „Ihre Sinnesorgane sind wach und offen. Sie sehen, hören, fühlen so unglaublich intensiv, wie wir uns das gar nicht vorstellen können. Deshalb sind sie uns Lehrer und Ratgeber. Vor allem aber ist der Norden der Platz des Humors und des Geistes. Zu einem Witz gehört nämlich, dass wir unseren Blickwinkel, die Sichtweise auf eine Geschichte überraschend ändern können. Das bringt uns dann zum Lachen."

„Kraaah, kraaah", meldete sich Tendo zu Wort.

Blaue Feder schmunzelte. „Natürlich kommt jetzt ihr, die geflügelten Wesen, an die Reihe. Die Vögel fliegen im Osten des Rades, beim Feuer, der Vision, unserer spirituellen Energie. Der Adler, der sich am weitesten in den Himmel erhebt, bringt alle Gebete zum Großen Geist. Bei den alten Völkern ist dieser Raubvogel sehr geehrt, ganz ähnlich wie bei euch in Tirol, wo der Adler das Wappentier ist."

„Und die Fabeltiere? Gibt es auf dem Rad einen Platz für sie?", wollte Rosalie wissen.

„Das Zentrum des Rades ist die Leere, die Liebe, der Ort, an dem sich alles begegnet. Hier finden wir mythologische Tierwesen, Drachen, Einhörner, Zentauren... Sie verschmelzen oft aus verschiedenen Elementen, deshalb sitzen sie in der Mitte des Medizinrades. Jede Kultur kennt andere Fabelwesen. Wenn ihr diese Wesen kennenlernt, versteht ihr viel über die Philosophie einer fremden Gesellschaft. Sie beleben die Fantasie und die Seele der Menschen. Könnt ihr euch jetzt besser vorstellen, warum die Brüder und Schwestern aus der Tierwelt für uns Zopfmenschen so wichtig sind?"

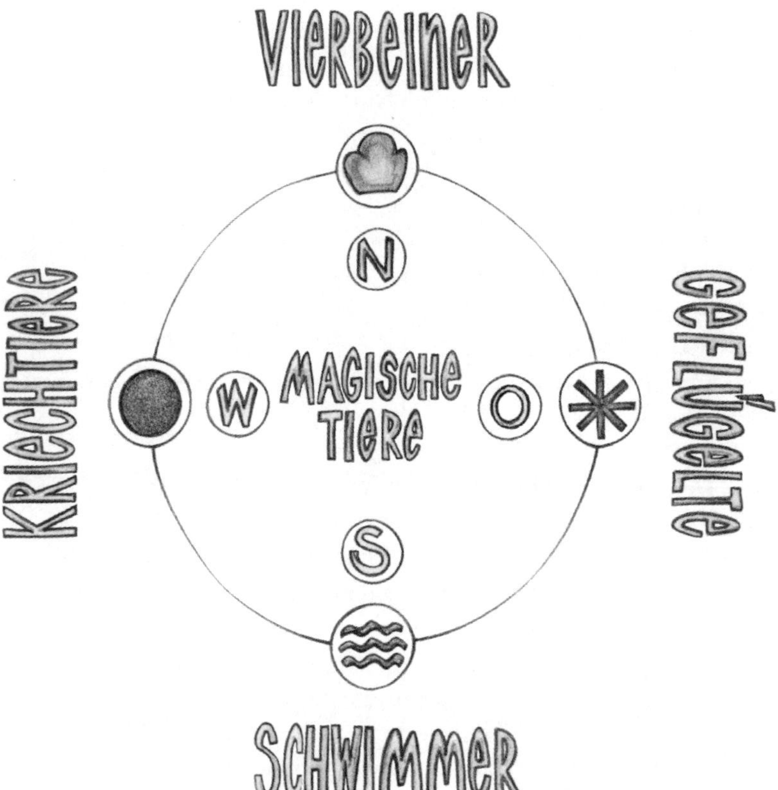

VIERBEINER

N

KRIECHTIERE

W

MAGISCHE TIERE

O

GEFLÜGELTE

S

SCHWIMMER

Wolfsherz sagte sanft, aber sehr eindrücklich: „Hunkapi, allem, was lebt, bin ich verwandt." Für ihn war das Medizinrad keine Neuigkeit. Er wuchs in dieser Welt und mit dem Wissen der alten Völker auf.

Rosalie sah ihren Medizinbruder mit neuen Augen. Er stammte tatsächlich aus einem anderen Universum und hatte eine vollkommen verschiedene Lebensweise gelernt. Ihre Gedanken kreisten um die eine brennende Frage: „Werden wir uns jemals verstehen? Konnte es gelingen, diese beiden Welten zu vereinen?" Doch dann trafen sich ihre Blicke und es fühlte sich einen Moment lang an, als ob sie sich schon immer kennen würden. Beruhigt atmete Rosalie auf.

Blaue Feder schärfte ihnen zum Ende ihrer Geschichte noch einmal ein: „Vergesst nicht, dass ihr verbunden seid, mit allem was euch umgibt: den Tieren, Pflanzen, Menschen und Ahnengeistern. Trennung ist eine Illusion."

Nach diesen rätselhaften Worten flimmerte die Luft und die Umrisse der Schamanin verschwammen im Licht. Sie verschwand genau so, wie sie erschienen war. Die vier Lehrlinge blieben erstaunt sitzen. Na ja, vielleicht wunderte sich Wolfsherz am wenigsten über das geheimnisvolle Verschwinden ihrer Lehrerin.

26 Skype

So ein Laptop ist eine tolle Erfindung. Nala und Rosalie starrten auf den Bildschirm. Sie warteten darauf, dass Emanuel sich ebenfalls an seinen Computer setzte. Die Verbindung mittels Internet war einfacher zu bewerkstelligen als in den Steinkreis zu gelangen, fühlte sich jedoch wesentlich weniger lebendig an und Blaue Feder oder Wolfsherz waren so überhaupt nicht zu erreichen. Doch heute Abend mussten sie mit dieser Lösung vorliebnehmen. Die Freundinnen wollten Emanuel um Rat fragen.

„Hallo, ihr Hexenschwestern, endlich können wir skypen in unserem Nest in den Pyrenäen!" Da war sie, die Stimme ihres Freundes, der mindestens tausend Kilometer entfernt lebte. Die Köpfe der Mädchen rückten ins Bild. Fini war mit dabei und kraxelte durch die wirren Haare Rosalies. Ein wenig chaotisch wirkten die drei. Emanuel saß in der geräumigen und gemütlichen Küche des Gestüts vor blankpolierten Kupfertöpfen und Kräuterbüscheln, die verkehrt zum Trocknen an den Wänden hingen.

„Hi, bist du allein?", war die erste Frage Nalas.

„Im Moment schon, es kann jedoch sein, dass Claire, Paul oder Greta reinplatzen. Was ist denn so geheim, dass wir nicht gestört werden dürfen?"

Jetzt rückte Nala mit ihrem Problem heraus: „In den nächsten Wochen büffeln Feuerwolf und ich noch in der Schule, aber wir möchten in den Herbstferien auf den Schlern reiten. Das dauert mindestens drei Tage. Zuerst war es nur eine verrückte Idee von Rosalie. Inzwischen spüre ich jedoch genau, dass es für uns alle wichtig ist, auf diesen Hexenberg zu kommen."

„Und was ist so schwierig daran?", fragte Emanuel.

Feuerwolf holte tief Luft und verdrehte die Augen: „Wir haben beide überhaupt keine Erfahrung darin, uns in einem fremden Gebirge zu orientieren."

Nala ergänzte: „Und dann geht es um Lilou. Sie ist zwar ruhiger geworden, lässt sich aber immer noch nicht satteln. Ich denke nicht, dass wir unser Gepäck für drei Tage und Nächte ohne Sattel auf den Berg schleppen können".

Mit nachdenklichem Gesicht sagte Emanuel: „Kann ich mir eigentlich auch nicht vorstellen. Das Sattelthema solltet ihr lösen, bevor ihr auf den Schlern reitet. Sonst müsst ihr euren Trip vergessen."

Rosalie seufzte: „Und dann haben wir nebenbei Eltern, die uns wahrscheinlich nicht widerstandslos ziehen lassen werden."

„Das sind jede Menge Probleme. Warum ist es denn so wichtig, auf diesen Berg zu reiten?"

Nala musste nicht lange nachdenken: „Die alten Geschichten, die Griseldis uns erzählt, handeln von den saligen Frauen, da oben am Gipfelplateau. Ich weiß einfach, dass der Ritt auf den Schlern mich zu meiner Bestimmung führt. Du erinnerst dich doch an die Prophezeiung! Wir sind gemeinsam über hohe Berge geritten! Ich muss dort hin. "

„Außerdem zaubert in diesem Gebirge die gute Hexe Martha. Stell dir vor, sie kann sich in ein Eichhörnchen verwandeln." Rosalie sprach voller Eifer weiter: „Fini hilft uns dabei, durch Verletzung und Schmerz zu finden, sagte doch Blaue Feder. Vielleicht gehört diese Zauberin auch zu unseren Verbündeten? Wir werden sie aufspüren."

„O.k., ihr habt mich davon überzeugt, dass ihr damit die Prophezeiung erfüllt. Ich versuche zu euch zu kom..."

Die Tür der Küche schlug auf. Greta stand plötzlich hinter Emanuel. „Hallo Mädels! Entschuldigung, dass ich so überraschend auf der Bildfläche erscheinen. Ich hab nicht gewusst, dass ihr telefoniert. Bin gleich wieder weg. Oder gibt's was Wichtiges?"

„Na, ja. Wenn du schon da bist, können wir ja fragen. Wir wollen Lilou endlich satteln. Kannst du uns einen Tipp geben?"

„Ich dachte, das hat Zeit. Wolltet ihr nicht warten, bis Emanuel und ich im Spätherbst wiederkommen?" Gretas Interesse war geweckt. „Warum habt ihr es so eilig? Raus mit der Sprache."

Sie setzte sich neben ihrem Lehrling auf einen Stuhl und musterte die Mädchen intensiv. Nala nestelte an ihrem silbernen Kettchen herum und Rosalie versuchte auszuweichen. „Weißt du, wir möchten vielleicht..."

„Gut, wenn ihr meine Hilfe nicht braucht, kann ich gerne wieder gehen...", sie erhob sich langsam.

Nala fasste sich ein Herz: „Nein, Greta bleib! Du wirst es ja sowieso erfahren. Wir wollen auf den Schlern..."

„Aha", sagte die Pferdeflüsterin.

„... reiten", vollendete Rosalie den Satz.

Ein Lächeln breitete sich auf Gretas Gesicht aus. „Gut so. Ihr seid auf dem richtigen Weg.“ Und zu Emanuel gewandt, fragte sie: „Wollen wir noch einmal nach Tirol reisen? Wir begleiten die Mädchen auf den Hexenberg. Hast du Lust?“

„Ob ich zu ihnen fahren möchte? Wie kannst du nur fragen? Klar, bin ich dabei!“

Nalas Herz zersprang fast vor Freude.

27 Berührungen

Als Emanuel und Greta am Pferdehof ankamen, fühlte es sich an, als wären sie nie weg gewesen. Nach einer herzlichen Umarmung hatten sie nur noch Augen für die Pferde.

„Was denkst du, warum Lilou keinen Sattel erträgt?“ Emanuel wollte dem Problem auf den Grund gehen.

Nala antwortete zweifelnd: „Wie soll ich das wissen. Ich kenne doch ihre Geschichte nicht.“

Greta mischte sich ein: „Eigentlich ist das auch nicht die sinnvollste Frage gewesen. Es geht manchmal gar nicht darum, was die Ursache eines Problems ist. Wir Zopfmenschen denken meist von der Gegenwart in die Zukunft. Also, wie verhält Lilou sich jetzt? Und wie unterstützen wir sie am besten, damit es ihr wieder besser geht?“

„Klingt logisch“, bemerkte Rosalie. „Oft wissen wir ja nicht genau, was in der Vergangenheit geschehen ist.“

„Vor allem ist vielleicht das, was wir als besonders schlimm erachten, gar nicht die Ursache des Traumas. Manchmal schmerzt etwas vollkommen anderes, das wir als nebensächlich betrachten.“ Greta war in ihrem Element. Die Pferdeflüsterin kümmerte sich häufig um sogenannte Problempferde.

Nala dachte nach: „Als ich sie zu satteln versuchte, hat Lilou ihre Ohren zurückgelegt und scharrte mit den Hufen. Richtig zornig und aufgebracht hat das gewirkt."

Rosalie ergänzte: „Sie hat auch wild geschnaubt. Besonders, als du den Gurt um ihren Bauch legen wolltest."

Greta hatte genug gehört: „Holt eure Pferde. Wir können sie mit heilsamen Berührungen von Spannungen befreien.

Die Mädchen und Emanuel zogen los und brachten Avalon, Lilou und Gandalf von der Weide auf den umzäunten Paddock, wo die Putzstange war.

„Bindet die Tiere nicht fest. Ihr sollt sehen, ob sie freiwillig bei euch stehen bleiben und den Kontakt genießen oder ob sie weglaufen möchten. Diese aufrichtige Reaktion müsst ihr aushalten. Die Pferde sind unser Spiegel. Es braucht Mut, in einen ehrlichen Spiegel zu blicken." Greta stimmte die Lehrlinge auf das Zusammensein mit ihren Gefährten ein. „Leert euren Geist. Die Hände sollen empfindsam und liebevoll sein. Lasst euch anziehen von einer Stelle am Rükken des Pferdes und legt sie ganz einfach drauf. Ihr braucht nichts Besonderes zu tun. Wartet aufmerksam ab, ob euer Liebling mit einem gelösten Atmen, mit Schlecken und Kauen oder einer anderen Aktion antwortet."

Sie fanden alle einen Platz für ihre Hände, bei dem die Pferde sich wohlfühlten. Das war an einem tiefen Ausatmen und dem Senken des Kopfes zu sehen.

„Bewegt das Fell des Pferdes mit euren Fingern in einem kleinen Kreis. Der Ausgangspunkt der Bewegung ist da, wo auf dem Ziffernblatt einer Uhr die Sechs liegt. Wenn ihr wieder bei dieser Ziffer angelangt seid, bewegt das Fell weiter bis zur Neun. Ihr zeichnet also mit der Hand einen Kreis nach, und noch einen Viertelkreis dazu. Danach legt die Finger ein kleines Stück daneben und beginnt von vorn mit einem Eineinviertelkreis. Achtet auf die Reaktionen der Tiere. Eine ganz wunderbare Pferdelady hat diese spezielle Methode entwickelt. Sie heißt Linda Tellington-Jones und ist eine der wichtigsten Vorreiterinnen auf dem neuen Weg, mit unseren Lieblingen umzugehen."

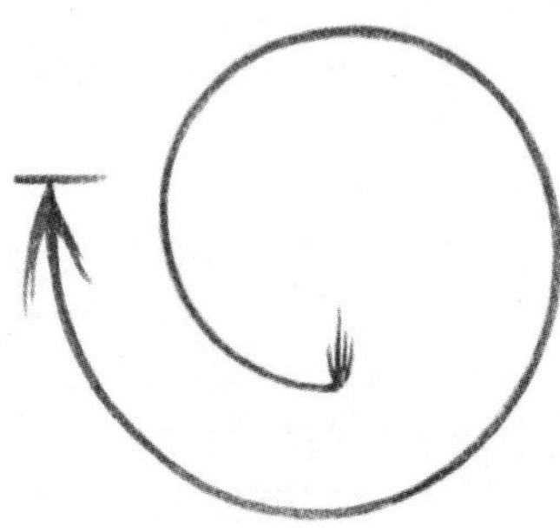

Begeistert von der Entspannung, die die Pferde bald zeigten, ließen die drei Freunde die Hände über das Fell gleiten.

Greta beobachtete die Lehrlinge dabei und forderte sie auf, langsam und mit sehr leichtem Druck zu arbeiten: „Rosalie, nur weil Gandalf ein stämmiger, stabiler Noriker ist, brauchst du nicht automatisch die Druckstärke deiner Kreise zu erhöhen. Seine Nerven sind möglicherweise genauso empfindlich wie die eines Arabers. Jedes Pferd hat individuelle Bedürfnisse. Wir müssen achtsam sein und die Antwort auf unsere Berührung lesen. Manchmal ist ein gelassenes Tier äußerst empfindsam."

Nachdem das Mädchen mit der Hand leicht und vorsichtig über das Fell Gandalfs geglitten war, ließ er seine Unterlippe entspannt hängen.

„Er sieht aus, als ob er gleich vor Entspannung umfallen würde“, witzelte Emanuel.

„Schaut ein wenig doof aus“, musste Nala zugeben.

Rosalie protestierte: „Hey, Gandalf ist ein schlaues Pferd, das Klügste von allen!“ Sie lächelte stolz und widmete sich wieder ihren sanften Berührungen.

Schlagartig änderte sich die Stimmung. Sternenträumerin hatte Lilou am Bauch berührt, da hob die Stute ihren Kopf. Der Hals Lilous verspannte sich. „Was ist denn los?“ Das Mädchen hielt inne.

Greta beobachtete, wie die Araberstute auf die Berührung Nalas reagierte: „Jetzt hast du eventuell eine Körperstelle entdeckt, in der ein traumatisches Erlebnis gespeichert ist. Das würde auch erklären, warum Lilou sich gegen den Gurt wehrt. Schön, dass du so aufmerksam bist.“

„Soll ich da nun hingreifen oder nicht?“, fragte Nala atemlos.

„Zuerst einmal respektierst du dein Herzenspferd mit all seinen Erfahrungen, Stärken und seinem Schmerz. Das ist die innere Haltung, wenn ein Problem auftaucht.“

Emanuel und Rosalie hörten Greta neugierig zu. „Es gibt verschiedene Möglichkeiten weiterzumachen. Lege die Hand nicht direkt auf die Stelle, die Lilou stresst. Berühre sie ein bisschen daneben und nähere dich dem Schmerzpunkt langsam an. Du verlagerst den Druck von deinen Fingerspitzen auf die gesamte Handfläche, er ist dann nicht so punktuell, sondern eher flächig. Das könnte angenehmer sein. Das Wichtigste ist: Beobachte! Das Pferd zeigt dir klar und deutlich, was wohltuend ist."

Die Aufmerksamkeit der ganzen Gruppe war auf Nala und die Behandlung von Lilou gerichtet. Zuerst stand die Araberstute angespannt und zitternd da. Seltsam, auch die Muskeln der Jugendlichen verhärteten sich beim Zusehen. Doch Sternenträumerin ließ sich nicht beirren.

Sie sprach leise und beruhigend mit sich selbst: „Einatmen, ausatmen, kreisen... einatmen, ausatmen, kreisen." Dieses Gemurmel begleitete ihre sanften Bewegungen. Allmählich nahm die Spannung Lilous ab. Sie streckte ihre Zunge heraus, gähnte und begann zu schlucken. Die empfindsame Stute senkte ihren Kopf bei jeder Kaubewegung des weichen Maules. Nala war schon beinahe unten am Bauch ihres Herzenspferdes angekommen, als Lilou nervös mit ihrem Hinterbein zuckte und Richtung Gurtlage schlug. Es war kein heftiger Stoß. Aber doch energisch und abwehrend.

Greta, blieb ruhig und ermutigte ihre Schülerin: „Sei weiter behutsam und sanft!"

Sternenträumerin atmete wieder in einem langsamen Rhythmus und plötzlich ertönte ein eigenartiger Singsang. Die Melodie strömte einfach aus ihrem Mund. Das Mädchen hatte die Augen leicht geschlossen. Fremde Laute, seltsame Töne erklangen:

„Wejahey, wejo, jowejahh..."

Das unbekannte Lied ergriff die Herzen aller. Sternenträumerin sang klar und mit einer Stimme, die nicht zu ihr zu gehören schien. Es war deutlich zu sehen, dass die Spannung in Lilous Bauch nachließ. Wie durch Zauberhand füllte sich der Körper des

Pferdes mit Atem, als ob es seit einer Ewigkeit endlich wieder Luft bekommen würde. Die Zeit blieb stehen. Niemand konnte sagen, wie lange dieser außergewöhnliche Gesang gedauert hatte, bis er leiser wurde und verklang.

„Das alte Heilungslied der Hopi“, flüsterte Greta erstaunt. „Woher kennst du es?“

Beinahe gleichzeitig fragte Emanuel, dem die Musik den Atem geraubt hatte: „Hast du etwas von deiner Gabe gewusst?“

Sternenträumerin schüttelte den Kopf.

„Lasst ihr ein wenig Zeit, aus ihrer Trance herauszukommen. Ich denke, unsere kleine Hexenschwester ist selbst überrascht, von dem was geschehen ist.“ Die Reitlehrerin nahm Nala in die Arme. Sogar Rosalie merkte, dass in dieser Stimmung Zurückhaltung angesagt war.

„Ich kann noch nicht einmal richtig singen, bisher jedenfalls konnte ich es nicht“, wunderte sich die junge Heilerin.

„Was hier passiert ist, hat nichts mit Können zu tun, sondern mit Verbundenheit, Iyuptala. Du hast einen Kanal zu deiner Kraft gefunden, zu deiner Bestimmung. Wenn sich dieses Tor öffnet, findest du Zugang zur Weisheit aller Heilerinnen, Schmananen und Hexen durch die Zeit.“

Emanuel, für den Musik so viel bedeutete, war tief berührt von der Melodie und der Innigkeit, mit der Sternenträumerin gesungen hatte. „Dieses Lied musst du mir unbedingt beibringen.“

„Ich hab doch keine Ahnung, wie es geht“. Nala wehrte sich gegen die Umarmung Gretas. „Ich erinnere mich nicht einmal mehr an die Worte. Sie sind einfach da gewesen." Ihr Gesicht drückte Verwirrung aus.

Da landete Tendo auf ihrer Schulter. Als die Krallen sich durch ihr Shirt gruben, weckte der scharfe Schmerz Sternenträumerin endgültig auf. Der schwarze Vogel knabberte vorsichtig an ihrem Ohr und krächzte: „Guuut so, guuuut..."

Erleichtert seufzte Nala. „Wenn du das sagst..."

28 Satteln

Quer über dem Himmelbett lag eine riesige Wanderkarte ausgebreitet. Sie zeigte das Gebirge rund um den Schlern, die Dolomiten. Es war ein sagenumwobenes Stück Erde mit Bergen, die zum Beispiel ‚Rosengarten' genannt wurden, oder mit Steinen, die wie Hexenbänke aussahen. Die Mädchen lagen auf dem Bauch und studierten die Landkarte mit ihren Wegen, Bächen und Bergspitzen. Mit dem Zeigefinger zeichnete Nala die Route nach, auf der sie den uralten Hexentanzplatz erreichen wollten. Tendo thronte auf der Vorhangstange und Fini tobte durchs Zimmer. Sie hatte ihren Spaß am Durcheinander aus Packtaschen, Wasserflaschen und Müsliriegeln, die auf dem Boden verteilt lagen. „Warst du schon einmal auf einem Wanderritt?", fragte Rosalie.

„Nein! Du weißt doch, dass ich erst in diesem Sommer wieder geritten bin. Ich staune, dass Greta mir Lilou anvertraut hat."

Feuerwolf wunderte sich über die Unsicherheit ihrer Freundin: „Das war eine Entscheidung aus einer Zeremonie in der Traumwelt. Und darum ist sie richtig und heilsam. Ihr seid füreinander geschaffen."

Es klopfte. „Das ist sicher Emanuel", freute sich Nala. Sein schwarzer, wuscheliger Haarschopf schob sich durch die Tür. „Morgen geht's los. Ist das aufregend!"

Die Mädchen nickten und Rosalie träumte vor sich hin: „Stellt euch vor, wir ziehen gemeinsam mit den Pferden tagelang durch die Berge, schlagen am Abend unser Lager auf, das Schnauben der Tiere, während wir einschlafen... Ich kann es kaum mehr abwarten."

„Dass Lilou dieses Höhentraining braucht, finde ich genial. Den ganzen Tag mit ihr zusammen zu sein, ist unglaublich. Ich darf nur nicht weiterdenken. Falls sie kräftig wird, muss mein Liebling zurück nach Frankreich und blöde Distanzrennen laufen. Sie gehört doch zu mir. Als ihr angekommen seid, habe ich Lilou geschworen, dass ich sie nie wieder allein lasse", gestand Nala. „Wie soll ich dieses Versprechen denn einhalten?"

Angst und Sorge mischten sich mit der Vorfreude auf die Reise zum Hexenberg. Auch Emanuel und Rosalie wirkten bedrückt bei dem Gedanken, dass der Ritt zwar Lilous Ausdauer trainieren würde, sie jedoch damit wieder attraktiver für ihre alten Besitzer wurde.

„Wir müssen einfach der Prophezeiung vertrauen. Schritt für Schritt gehen, achtsam sein und einen starken Traum aussenden. Der ist natürlich, dass Lilou bei Nala bleibt." Rosalie fand als Erste ihre Hoffnung wieder.

„Na ja, sehr verlockend klingt die Vorhersage nicht. Immerhin wurde in der Zeremonie von Schmerz und Verletzung gesprochen." Sternenträumerin war nicht so ganz vom glücklichen Ausgang ihres Ausflugs überzeugt.

Emanuel, der beim Ritual im Süden des Medizinrades gesessen war, erinnerte sich: „Mein Delfin fühlte sich ausgelassen und frei. Er zeigte deutlich, dass du spielerisch sein sollst. Nimm nicht alles total ernst. Das war die Botschaft aus der Richtung des Wassers. Hier ist auch die Musik zu Hause. Wahrscheinlich sollte ich deswegen beim Ritual im Süden sitzen. Immerhin bin ich der Einzige, der sich damit beschäftigt. Wie du gestern auf einmal dieses alte Heilungslied gesungen hast, habe ich schon gestaunt. Du bist deiner eigenen Heilkraft sicher nähergekommen."

„Spielerisch sein und singen? Das ist leichter gesagt als getan, besonders in einer Stresssituation", antwortete Nala. „Bitte erinnere mich zum richtigen Zeitpunkt daran!"

„Das wird dir wahrscheinlich selbst einfallen, und wenn nicht, sag ich es dir gern", versprach der Junge.

Rosalie schlug vor: „Wir sollten versuchen Lilou zu satteln. Immerhin reiten wir übermorgen los. Hoffentlich hat deine Musik ein kleines Wunder bewirkt."

Nala protestierte: „Sehr lustig! Als ob ich Zauberkräfte hätte! Ich kann doch nichts dafür, dass diese Melodie ohne meinen Willen aus mir herausgekommen ist."

„Es war wundervoll, unheimlich, ergreifend und ein wenig gespenstisch", versicherte Emanuel.

„Magisch eben. Das ist doch das, was wir lernen wollen. Was ihr immer habt..." Rosalie sprach klar und offen: „Ich finde es natürlich und cool, was passiert ist. Aber man sollte das alles nicht so ernst nehmen. Meiner Meinung nach ist es wichtig, auch über mystische Sachen zu scherzen. Etwas Echtem und Wahrhaftigem schadet ein kleiner Witz nicht."

„Na dann, auf in die Sattelkammer!" Nala erhob sich aus dem Chaos des Zimmers.

Schnaubend trottete Lilou den Mädchen entgegen. Sie wirkte wie verwandelt. Ihr Fell glänzte in der Sonne und der Körper schwang gelöst und locker bei jedem ihrer Schritte.

Rosalie vermutete: „Du bist bereits auf ihrem Rücken gesessen und geritten. Der Bauchgurt ist wahrscheinlich das Schwierigste für dein Herzenspferd."

„Der Sattel passt sicher, das hat Greta nachgeprüft. Manchmal entsteht ein Sattel- oder Gurtzwang durch den falschen Druck, vielleicht auch durch einem unpassenden, zu engen Bauchgurt. Aber wir haben alles gecheckt. Der Wanderreitsattel, den wir aus Frankreich mitgebracht haben, ist wie gemacht für Lilous Rücken", sagte Emanuel.

Nala führte die Araberstute vor die Scheune. Hier war der Feuerplatz, an dem sie den gemeinsamen Abend verbracht hatten. Das Mädchen erinnerte sich lebhaft an den Moment, wie sie Hand in Hand mit Emanuel eingeschlafen war.

Rosalie fiel auf, dass ihre Freundin in die Wolken guckte: „Du wirkst abwesend? Woran denkst du?"

„Alles o.k., ich werde Lilou nur ein wenig massieren, bevor wir sie satteln." Sternenträumerin ließ ihre Hände spielerisch und sachte über den Rücken und Bauch des Pferdes wandern. Während sie immer mehr in diese Tätigkeit versank, tauchte wieder eine Melodie aus ihrem Herzen auf. Doch diesmal erkannte sie frühzeitig, was geschah, und es gelang ihr, den Impuls loszusingen, zu unterdrükken. Das Mädchen summte, so leise es möglich war, die unbekannten Töne in das Ohr ihres Lieblings. So peinlich, dass eine fremde Macht sie zu etwas trieb, das Nala im Normalzustand niemals tun würde.

Rosalie lief noch einmal ins Zimmer zurück und holte die neue Satteldecke, die Greta und sie Sternenträumerin zum Geburtstag geschenkt hatten. Die galoppierenden weißen Pferde und schwarzen Raben auf türkisem Grund sahen bezaubernd aus. Lilou ließ sich die Decke widerstandslos auf den Rücken legen.

„Jetzt der Sattel“, hauchte Nala. Die Spannung wuchs, als Sternenträumerin ihn auf die Schimmelstute senkte.

„Sie bleibt ruhig, das ist schon einmal ein gutes Zeichen“, bemerkte Emanuel. Er hatte wesentlich mehr Erfahrung mit dem Satteln von Pferden als die beiden Mädchen. „Nimm nun den Gurt vorsichtig in die Hand.“

Nala bückte sich und fischte den Sattelgurt von der anderen Seite des Bauches, um ihn zu schließen. Da hob Lilou ihr Hinterbein und scharrte so heftig damit, als wollte sie sich nach Australien durchgraben.

„Lass das Ziel und deine Erwartungen los und spiel mit ihr“, erinnerte Emanuel, wie er es Nala versprochen hatte.

Da wurde Sternenträumerin klar, dass sie ihre Medizin, das Spielerische, aber auch ihren heilenden Gesang nicht zurückhalten durfte. Sie atmete einmal durch und murmelte: „... ist ja gut, meine Süße“. Mit heller, kräftiger Stimme sang sie das Lied, das sie vorher mühsam zurückgehalten hatte. Die Töne, die Sternenträumerin erzeugte, klangen fremd und bekannt zugleich. Nala empfand tief in ihrem Herzen, dass genau diese Melodie schon unzählige Male gesungen worden war, in uralten Zeiten, von Menschen, die sie nicht kannte und die ihr doch auf geheimnisvolle Weise vertraut schienen. Es fühlte sich an, als würde nicht nur sie allein singen, sondern ein Chor aus Vergangenheit und Zukunft in ihr Lied einstimmen. Als die Melodie verklang, stand Lilou gesattelt und zufrieden schnaubend vor ihr.

Nach einer Zeit des Staunens platzte Rosalie heraus: „Das wird ja witzig, wenn du zum Satteln jedes Mal laut singen musst.“

Emanuel knuffte die Rothaarige in den Arm. „Sei nicht so

frech...“, und blickte Nala bewundernd an: „Jetzt sind wir alle bereit.“

29 Aufbruch

Der Morgentau glitzerte auf den Gräsern, als die ersten Sonnenstrahlen den lang ersehnten Tag erhellten. Heute würden sie aufbrechen. Lilou hob den Kopf, als Nala und Rosalie ihre Fahrräder hastig an die Scheunenwand lehnten. Gandalf schlenderte in gewohnt entspannter Manier über die Weide. Verschlafen schlurfte Emanuel mit Avalon im Schlepptau zum Putzplatz. Er war vor den Hexenschwestern aufgestanden und von seinem Schlafplatz am Heuboden heruntergeklettert. Schweigend striegelte er das Pferd.

Rosalie flitzte um die Ecke: „Du bist ein Morgenmuffel, oder?"

„Könnte man sagen", brummte der Junge, während er liebevoll über das Fell des Friesen strich.

„Dann lassen wir dich in Ruhe", sagte Nala leise schmunzelnd.

Gähnend kratzte Emanuel die Hufe des Rappen aus. Danach stellte er jedes Bein sanft auf den Boden, wie seine Ausbildnerin und Tante es ihm beigebracht hatte. Auch die Mädchen widmeten sich der Fellpflege ihrer Lieblinge. Die Reitlehrerin würde wieder mit Artus, dem braunen Warmblut, unterwegs sein. Nala freute sich darüber, dass Greta und Emanuel sie auf den Schlern begleiteten. Allein mit Rosalie war ihr der Wanderritt sehr viel gefährlicher erschienen. Ihre Eltern hätten auch sicher nicht erlaubt, dass die Mädchen ganz ohne Begleitung loszogen. Lilou ließ sich problemlos satteln. Ihr Training und die Berührungen Nalas halfen der Araberstute, sich zu entspannen und ihre alten Schmerzen zu vergessen. Die ledernen Wanderreitsättel besaßen Befestigungsriemen für Packtaschen und

Wasserflaschen. Es dauerte eine Weile, bis sie das Gepäck sicher verstaut hatten.

„Seid ihr bereit?“, fragte Greta und lächelte in die Runde. „Aufgesessen!“ Das klang feierlich und so war ihnen auch zumute.

„Juhuuu, auf ins Abenteuer!“, jubelte Rosalie.

Trotz der freudigen Aufbruchstimmung wirkten die Jugendlichen ein wenig angespannt. Schließlich war die Tour auf den Hexenberg kein Spaziergang. Sie planten, in zwei winzigen Zelten zu übernachten. Rosalie und Nala würden in einem schlafen, Emanuel und Greta im anderen. Der Wetterbericht sagte zwar Sonnenschein vorher, die Hexenschwestern waren jedoch im letzten Sommer in ein übles Gewitter geraten und nur mit Glück einem Bergrutsch entkommen. Das war den Mädchen lebhaft in Erinnerung geblieben. Die Reitergruppe setzte sich in Bewegung. Greta schnallte sich eine Wanderkarte vor den Sattel. Sie bestimmte die Richtung. Die erfahrene Trainerin erzählte, dass sie sogar einmal die Appalachen auf Mustangs überquert hatte. Ihre Chancen, den richtigen Weg zu finden, standen also ausgezeichnet. Zuerst ritten sie über breite Fahrwege und flache Forststraßen. Doch bald gelangten sie zu deutlich steileren, schmalen Steigen. Trotz ihrer Trittsicherheit mussten sich die Pferde konzentrieren, um im schroffen Gelände sicher am Weg zu bleiben. Sie trotteten hintereinander, und das vertrauliche Plaudern verstummte allmählich. Nachdem sie endlich die Hochweiden der Seiser Alm erreicht hatten, war eine Rast fällig. Ein klarer Bach gluckerte über die Wiesen. Die Tiere senkten ihre Köpfe und tranken das frische Wasser in gierigen Schlucken. Alle stiegen aus den Sätteln.

„Jetzt sind wir erst seit zwei Stunden unterwegs und ich bin schon total steif. Wie soll das nur weitergehen?“, wunderte sich Nala.

Greta sah die beiden Freundinnen herumstaksen und grinste: „Warum sollte es euch besser gehen, als mir damals bei meinem ersten langen Ritt? Lockern wir unsere Beine und den Rücken mit ein paar Gymnastikübungen auf?“

„Mir geht's prima“, Emanuel versuchte, sich davonzuschleichen.

„Nichts da. Du machst mit. Schließlich brauchen alle, die sich auf ein Pferd setzen, Beweglichkeit, Balance und Koordination. Jetzt ist Yoga angesagt.“ Greta ließ keinen Zweifel aufkommen, dass Emanuel die Dehnübungen mitmachen würde.

„Kennt ihr den Sonnengruß?“, wollte die Trainerin wissen. „Das ist eine Folge von Übungen, die unsere strapazierten Muskeln dehnen.“

Während die Pferde entspannt grasten, streckten und bückten sie sich, hoben den Kopf wie eine Kobra oder schauten auf den Boden wie ein Hund, der sich räkelt. Bald kugelten sich die Jugendlichen vor Kichern auf dem weichen Gras. Manche der Übungen sahen zu komisch aus. Der sportlichen Rosalie fiel der Sonnengruß leichter, sie konnte sich nur die Abfolge der Bewegungen nicht merken. Emanuel hatte steife Beine, er plagte sich mit dem Bücken. Nala fehlte die Balance. Sie kämpfte um ihr Gleichgewicht und landete sogar einmal unsanft auf ihrem Hinterteil. Das Gelächter der drei Freunde war befreiend. So ganz anders als in der alten Schule, wo die Mitschüler über Nala witzelten. Hier lachten sie miteinander und nicht übereinander. Das konnten die Hexenschwestern genießen. Jeder hatte seine Schwierigkeiten, das verband sie. Nur Greta, die seit Jahren Yoga übte, bewegte sich geschmeidig und sicher.

Sie tröstete die Lehrlinge: „Am Anfang war ich genauso tapsig wir ihr. Das gibt sich mit der Zeit. Auch ich versuche immer wieder neue Yogapositionen, damit ich nicht die Illusion habe, perfekt zu sein. Es ist eine Falle zu glauben, dass man sein Metier beherrscht. Das Leben will uns zu wachen Menschen formen. Man muss jederzeit bereit für das Unbekannte sein. Wenn man sich auf sein Wissen verlässt, verlässt man gleichzeitig den Pfad des Lernens."

„Always expect the unexpected." Emanuel kannte diesen Leitgedanken der Zopfmenschen.

Greta sprach weiter: „Der Schlern ist ein Zauberberg und wir sollten besser wachsam sein. Hier leben mächtige Naturwesen. Sie führen uns zur Heilung und in die eigene Kraft. Wenn wir jedoch verschlafen durch die Gegend stolpern, wird es gefährlich. Der Ritt ist eine Initiation für euch. Das ist hoffentlich klar. Ich begleite diese Reise, denn in unserer jetzigen Kultur seid ihr zu jung, um allein unterwegs zu sein. In alten Zeiten war das anders. Ich bin mir aber sicher, dass ihr im Augenblick der Wahrheit eigene Entscheidungen treffen müsst. Wacht auf, in eure Medizin!"

„Was soll denn das heißen?", fragte Rosalie.

„Jeder Mensch hat seine Medizin, ein einzigartiges Talent. Ihr seid hier auf diesem Ritt, um herauszufinden, wo eure Stärken liegen, was das außergewöhnliche Geschenk ist, das ihr in die Welt bringen werdet. Ein Teil von Nalas Gabe hat sich offenbart, als sie ein uraltes Heilungslied gesungen hat. Wir waren alle überrascht. Sie selbst wahrscheinlich am allermeisten. Manchmal ahnen wir bereits, was unsere besondere Medizin ist, oft sind wir jedoch erstaunt über eine verborgene Fähigkeit."

„Hat das etwas mit dem Medizinnamen zu tun?", Nala dachte an das magische Buch mit der geheimnisvollen Schrift.

„Ein Teil eurer Medizin ist darin enthalten. Der Name der Kraft beschreibt euer Potential und ihr könnt Schritt für Schritt hineinwachsen. Manchmal sind jedoch Sprünge nötig." Die Worte Gretas klangen rätselhaft.

„Sprünge? Das ist sicher anstrengend", fand Rosalie.

Greta richtete sich auf: „Wer hat gesagt, dass das Leben einfach ist. Jeder Tag bringt Herausforderungen, und wenn man diese kleinen Lernschritte mitmacht, ist alles in Ordnung. Sobald man jedoch zögert und vor Schwierigkeiten furchtsam stehen bleibt, entwickelt sich das Leben weiter und die Schritte, die zu tun sind, werden größer. Vielleicht bekommt man dadurch noch mehr Angst und erstarrt. Das Leben kennt aber keinen Stillstand, es geht weiter, und der Abstand zwischen den einzelnen Schritten wird immer länger und gefährlicher. Schließlich kann es sein, dass man einen waghalsigen Sprung riskieren muss."

„Das hört sich nicht gut an." Nala, die an die Prophezeiung aus der Zeremonie der Zopfmenschen dachte, war beunruhigt.

Greta sprach weiter: „Doch das ist leider nicht das Schlimmste. Die schlechte Nachricht kommt erst. Während man wie gelähmt stehen bleibt, verliert man Kraft und wird schwächer. Darum haltet eure Körper lebendig und geschmeidig. Im entscheidenden Moment braucht ihr einen wachen Geist, klare Emotionen und physische Stärke."

„Am besten packen wir dafür endlich unsere Jause aus!", diese Bemerkung kam natürlich von Feuerwolf.

Greta schmunzelte: „Deine Medizin ist auf jeden Fall der Humor."

„Der rettet uns wahrscheinlich auch noch einmal das Leben", sagte Emanuel, der die mitgebrachten Leckereien austeilte.

Sie bissen in die saftigen Äpfel. Bei diesen Geräuschen kamen ihre Pferde angetrabt, um ein wenig mitzunaschen.

30 Hexenbänke

Erschöpft erreichten alle die saftige Bergwiese, auf der sie ihr Nachtlager aufschlagen würden. Staunend betrachteten sie Gebilde aus mächtigen Steinen, die aussahen wie überdimensionale, aus Felsen gehauene Sessel, die sogenannten Hexenstühle oder Hexenbänke. Den alten Mythen zufolge thronten darauf die Schlernhexen und webten ihre Zauber. Die massigen Gesteinsbrocken imponierten durch ihre wundersamen Formen und Größen. Seit jeher erzählten sich die Bewohner der Gegend die wildesten Geschichten über den Platz, auf dem sie sich nun niederließen.

„Sind diese Riesensessel von Menschen gebaut worden oder von der Natur geformt?“, staunte Nala beim Anblick der Ungetüme.

„Niemand weiß das so genau...“, überraschend trat die Kräuterhexe hinter den Steinbrocken hervor.

„Griseldis! Schön, dass du da bist!“ Die Mädchen jubelten auf.

Schmunzelnd begrüßte die Hagazussa ihre Freunde: „Da schaut ihr, was? Habt gedacht, ihr seid viel schneller da mit euren Pferden, als ich mit meinem Besen?“ Sie zwinkerte ihnen verschmitzt zu.

„Schön, dich zu treffen, liebste Hexenschwester“, sagte Greta. Als Nala und Rosalie sie verwundert anschauten, meinte die Pferdetrainerin: „Was? Denkt ihr beiden, ihr seid die Einzigen, die sich so nennen?“

Der stets hungrige Emanuel entdeckte den gefüllten Korb der

Hagazussa und fragte sofort neugierig: „Hast du uns etwas zum Essen mitgebracht? Pilze vielleicht? Oder Blaubeeren?“

„Gut mitgedacht! Jetzt im Herbst sind genau diese Schätze reif. Was magst du denn am liebsten?“

„Beides natürlich“, neugierig schielte er unter das karierte Tuch, das die Köstlichkeiten bedeckte. „Griseldis, du bist die Beste!“

„Für hungrige und verfressene Jungs immer...“ Sie nickte Emanuel verschmitzt zu.

Greta nahm die Organisation des weiteren Abends in die Hand. „Zuerst versorgen wir die Pferde. Haltet euch noch ein bisschen zurück. Absatteln, Paddock aufbauen und Wasser holen. Wir sollten stolz auf unsere zähen Ponys sein. Sie waren tapfer, besonders beim letzten Wegstück.“

Auf diesem uralten Kraftplatz gab es genug Weidefläche für die vier Pferde. Nala nahm Lilou den Sattel ab und bedankte sich bei ihr. Sie streichelte den Rücken der Stute und ließ ihre Hand Richtung Bauch gleiten. Mit kreisenden Bewegungen, wie sie es von Greta gelernt hatte, massierte das Mädchen die Muskeln des Tieres. Die Berührungen wirkten wie ein Zauber auf beide. Sie versanken in ihrer innigen Begegnung und genossen still das Zusammensein.

Emanuel und Rosalie bauten inzwischen einen provisorischen Zaun auf. Er würde ernsthaften Ausbruchsversuchen ihrer Pferde wahrscheinlich nicht standhalten. Sie hatten jedoch in den vorhergehenden Nächten ausprobiert, wie sich die Herde während der Dunkelheit verhielt. Bisher waren sie alle zusammengeblieben, verschonten den Zaun und wahrten die vorgegebenen Grenzen. Greta fand die Befestigung ausreichend. Große Lust zu laufen würden die Pferde sicher nicht haben, nachdem sie sich den ganzen Tag angestrengt hatten.

„Holz holen! Das empfehle ich euch, wenn ihr etwas Warmes zum Essen wollt!“ Griseldis übernahm das Kommando. Sie fühlte sich offenbar für die Küche zuständig, falls man die improvisierte Feuerstelle als solche bezeichnen konnte. Aus ihrem Rucksack zog sie ein eisernes, dreibeiniges Gestell hervor und einen kupfernen Kessel, das perfekte Gefäß für eine würzige Pilzsuppe. Dann zauberte Griseldis eine alte, ausgebeulte Bratpfanne aus ihrer Tasche und kündigte an: „... darin backen wir uns zum Frühstück Blaubeernocken. Mit Zucker schmecken sie köstlich.“

„Was hast du denn noch alles dabei?“, wunderte sich Rosalie.

„Natürlich habe ich selbstgebackenes Brot und Käse von Sissi mitgebracht“, ergänzte Griseldis.

„Wenn ihr ein Holzfeuer vorbereitet, kann ich unseren Gaskocher stecken lassen.“ Greta freute sich, dass die Hagazussa für das leibliche Wohl sorgte. In ihrem Gestüt in Südfrankreich lebte sie gemeinsam mit der Köchin Claire, die sie, Paul und Emanuel wunderbar verpflegte. Gretas Stärke bestand eher in der Arbeit mit den Tieren. Sie hob alle Hufe der Pferde auf und kontrollierte die Gesundheit der Beine. Rosalie und Nala schwärmten aus, um Feuerholz zu sammeln. Bald kamen sie mit Bündeln trockener Zweige zurück. Gemeinsam mit Emanuel zogen sie erneut los. Die Nächte hier oben konnten lang und kalt sein. Wenn das Feuer dauerhaft wärmen sollte, bedeutete das mehrere Beutezüge ins Unterholz.

„Ich geh lieber Holz suchen, als Schwammerl aufzuschnipseln“, sagte Rosalie, während sie sich nach einem knorrigen Ast bückte. „Ich bin wie Greta. In der Küche hab ich nichts verloren.“

Nala entschied: „Ich finde Heilkräuter interessant. Vor allem möchte ich lernen, wie Griseldis die giftigen von den ungiftigen Pilzen unterscheidet. Es macht unabhängig, die Natur gut zu kennen. Du ernährst dich einfach von dem, was du im Wald entdeckst. Das will ich auch einmal können."

Die Zelte aufzubauen, war ein Unternehmen, das sich schwierig gestaltete. Bis die Lehrlinge alle Stangen sortiert und zusammengesteckt hatten, knurrten ihnen die Mägen. Inzwischen stapelte Greta trockene Zweige und Holzstücke auf und zündete sie an. Sie brannten sofort lichterloh. Das Feuer flackerte und die Dunkelheit legte sich bald über die Hochebene. Hundemüde sanken die Mädchen und Emanuel auf ihre Schlafsäcke rund um den Feuerplatz. Der krächzende Schrei eines Raben ertönte. Das Geräusch war nicht besonders melodiös, doch Sternenträumerin blickte erfreut in den dunklen Himmel.

„Tendo, komm her! Du hast mir gefehlt. Heute bist du dauernd hoch in den Wolken geflogen! Fini ritt immer mit Rosalie und Gandalf. Sie ist viel anschmiegsamer als du." Die Worte Nalas klangen beinahe vorwurfsvoll.

Der Rabe setzte sich auf einen der riesigen Hexenstühle und schimpfte mit kratzender Stimme vor sich hin. Rosalie und Nala, die zuerst versuchten zu erraten, was der schwarze Vogel krächzte, bogen sich bald vor Lachen.

„Du willst uns bloß aufziehen und erzählst Unsinn, du Halunke", sagte Emanuel zu dem frechen Federvieh, fütterte Tendo aber gleichzeitig mit Nüssen.

Im Topf brodelte es und das Aroma der Pilze duftete verführerisch.

„Ich kann nicht mehr! Wenn ich noch länger warten muss, falle ich Menschen an.“ Rosalies Wolfsnatur kam voll durch.

„Nehmt euch ein Stück Brot. In die Suppe getunkt, schmeckt es besonders fein. So fertig, wir können essen!“ Griseldis rührte noch einmal um, bevor sie aus dem Kessel schöpfte.

„Ich bin sooooo hungrig, die Pferde fressen seit einer Ewigkeit. Die haben‘s gut“, jammerte Emanuel.

Die Kräuterhexe schmunzelte: „Guten Appetit, muss ich euch nicht wünschen, den habt ihr ja offensichtlich.“

Schweigend löffelten sie die heiße Brühe und zerrupften das Brot in kleine Brocken, um auch noch den letzten Rest der Pilzsuppe aufzutunken. Hier in der Natur, am heimeligen Feuer, gab es das herrlichste Essen, das sie sich vorstellen konnten.

Nala fragte ihre Freundin frech: „Hast du nicht kürzlich davon geschwärmt, von den Früchten des Waldes zu leben?“

„Stimmt! Aber Schokolade schmeckt mir noch besser. Soll ich dir etwas gestehen? Ich habe eine riesige Tafel mitgenommen, die naschen wir zum Nachtisch.“

Emanuel, der alles mitangehört hatte, strahlte übers ganze Gesicht.

31 Gute Nacht Geschichte

„Wisst ihr, dass das größte Lebewesen der Erde ein Pilz ist?" Mit dieser Frage begann Griseldis ihre Gutenachtgeschichte. Wahrscheinlich hatte sie die Suppe vom Abendessen inspiriert. Es war ja bekannt, dass Pilze für Hexen eine wichtige Zutat für ihre Tränke und Salben waren. Den roten Schirm des Fliegenpilzes mit seinen lustigen weißen Punkten kannte jedes Kind aus diversen Märchen und Geschichten über Magierinnen.

„Das unterirdische Wurzelgeflecht der Bäume ist eng verwoben mit Pilzmyzelen, die hauptsächlich im Verborgenen existieren. Einen riesigen Hallimasch, das ist eine besondere Art von Schwammerl, kennt man in Oregon, Amerika. Er ist sagenhafte einhundertzweiundzwanzig Fußballfelder groß! Ebenso wie ein Heilkraut hat auch jeder Pilz seine spezielle Wirkung", erzählte Griseldis.

„Ich möchte gern mehr über Wildfrüchte und Kräuter wissen," bekannte Nala.

„Wir gehen gemeinsam Beeren und Schwammerl suchen, wenn wir zurück sind. Falls wir nach Hause kommen...", schlug die Hexe vor.

Rosalie zuckte zusammen. „FALLS wir heimkommen? Was soll das heißen?"

„Regt euch nicht gleich auf. Jede Initiationsreise kann gefährlich werden, das gehört einfach dazu." Greta versuchte, die Gemüter zu beschwichtigen.

„Bisher war es doch ganz friedlich“, fand Emanuel. „Ich jedenfalls bin total relaxed und gleichzeitig fix und fertig.“ Er streckte seine Arme und Beine, um sich zu entspannen.

Greta beobachtete ihn dabei und sagte: „Du darfst gleich wieder Yoga Übungen machen, wenn es dir dann bessergeht.“

„… bloß nicht. Ich bin nur müüüde“, gähnte er.

Rosalie bettelte: „Eine Gutenachtgeschichte von den Schlernhexen musst du uns aber unbedingt noch erzählen.“

„Bitte, bitte, Griseldis“, forderten die Mädchen gleichzeitig.

„Ja, ja, die alten Hexengeschichten…“, die Kräuterfrau stocherte mit einem Zweig in der Glut des Feuers, dass die Funken aufstoben und ihre leuchtenden Spuren in die Dunkelheit schrieben. Es sah aus, als ob tausend Glühwürmchen durch die Luft schwirren würden.

„Und wenn ihr dann nicht mehr einschlafen könnt, ihr Küken?“, fragte sie.

Rosalie wehrte sich empört. „He, was denkst du denn von uns. Wir sind doch keine Küken! Immerhin haben wir dich gefunden, reisen mal schnell durch Zeit und Raum und sind Medizinlehrlinge auf dem Weg der Zopfmenschen.“

Griseldis blickte in den Himmel und sinnierte: „Es ist Dunkelmond, heute gibt es kein gnädiges Licht, das die Nacht erhellen könnte.“

Feuerwolf erinnerte sich an ihr nächtliches Erlebnis im Sommer. „Der Mond hat Einfluss auf unser Leben, ich habe bis zum

Vollmond warten müssen, um in den Steinkreis bei der großen Eiche einzutreten."

„Wölfe sind stark verbunden mit Schwester Mond", sagte Emanuel, der schon länger als Lehrling auf dem Medizinweg unterwegs war. „Selbst das Meer wird von diesem Himmelskörper bewegt. Ebbe und Flut richtet sich nach ihm. Das Wasser ist vor allem mit unseren Emotionen verknüpft. Also sind auch die Gefühle durch das Licht der Nacht beeinflussbar?"

Greta nahm das Thema auf: „Natürlich. Viele Menschen schlafen schlecht oder träumen bei Vollmond intensiver. Die Energie in dieser Phase ist nach außen gerichtet. Bei Neumond sind wir mit der Tiefe unseres Unterbewusstseins verbunden. Außerdem ist der Mond in fast allen Sprachen der Welt weiblich, ‚la Luna' zum Beispiel. Deutsch ist wahrscheinlich sogar die einzige Sprache, in der die Sonne grammatikalisch weiblich ist und der Mond männlich. Sonst ist es überall umgekehrt. Wir Frauen schwingen mit unserem Zyklus im gleichen Rhythmus wie der Mond, der sich jeden Monat erneuert."

„Was ist nun mit den Schlernhexen?", Rosalie ließ nicht locker.

Der flackernde Schein des Feuers beleuchtete das Gesicht von Griseldis. Mit spröder Stimme trug die Zaunreiterin ihre Zuhörer fort: „Es war einmal, in längst vergangenen Zeiten, damals, als das Wünschen noch geholfen hat... trafen sich auf diesem Platz bei den Hexenstühlen alle Hexen der Gegend. Von hier aus flogen sie auf ihren Besen, die sie zwischen die Beine klemmten, auf ihren Tanzplatz, den Schlern. Die unheimliche Hexengesellschaft war gefürchtet, denn sie zauberte die schlimmsten Gewitter herbei und ließ es richtig krachen. Das gefiel den Hexen. Die Ernte und somit das Überleben der Menschen im Tal war gefährdet. Man erzählt sich, dass damals ein Bauer namens Hansl aus lauter Angst vor einem

Unwetter auf eine der Hexen mit einem Gewehr geschossen hat. Die Kugel war in Weihwasser getunkt, nur so hat er getroffen und die böse Zauberin erwischt. Als die am Boden aufschlug und der Bauer sah, wie hässlich sie war, wurde er auf der Stelle verrückt. Ihr Anblick was so grauenhaft, dass er sich sein Lebtag nicht mehr davon erholte."

„Schmarrn...", Nalas bayrischer Dialekt kam voll durch. „Sag, dass diese Geschichte Unsinn ist". Das Mädchen war stinksauer und stampfte zornig mit dem Fuß.

Griseldis schmunzelte sie verschmitzt an: „So und nicht anders werden unsere Hexenschwestern oft dargestellt. Sie bringen Unheil, verderben die Ernte, sind grässlich anzusehen und überhaupt schauerlich. Ich kann euch sagen: EIN Märchen ist wüster und wilder als das nächste. Die Geschichte der Hexen ist zuallererst eine Geschichte der Verleumdung von weisen Frauen, die sich mit Kräuterkunde, Medizinwissen und Magie auskannten. Natürlich sind magische Segenssprüche und die Vorstellung, durch eine Kombination aus Träumen, Pflanzenmedizin und einer klugen Lebenshaltung Menschen zu heilen oder das Wetter zu beeinflussen, nicht für jeden einsichtig. Darum gab es eine Zeit, in der diese alten Medizingesellschaften, und so eine hat sich seit jeher auf dem Tanzplatz des Schlerns getroffen, verfolgt wurden."

Greta warf ein: „Ich mag die Sagen über die Schlernhexen nicht, denn sie zeigen ein vollkommen falsches Bild von den weisen Menschen der früheren Zeit. Ich habe die Zopfmenschen, die Wissen aus verschiedenen Traditionen verweben, total anders kennengelernt. Sie sind humorvoll und arbeiten zusammen, um die Welt wieder in Einklang zu bringen."

Griseldis spann den Faden weiter: „Und doch gibt es Kräfte, die nicht eindeutig gut sind, die uns durcheinanderwirbeln, uns herausfordern oder in eine Gefahr locken. Ich weiß um die Dunkelheit und eine Bedrohung, die in diesen Tälern lauert. Wesen, die keine Ruhe finden und durch die Nacht geistern."

Nala wollte nichts davon wissen: „Du möchtest uns bloß Angst einjagen und doch noch eine Gespenstergeschichte erzählen, die uns zum Fürchten bringt."

„Wenn du glaubst...", antwortete Griseldis. „Manchmal wollen die Küken eben schlauer sein, als die Henne." Wieder stocherte sie mit ihrem Stock in der Glut und ließ die Funken fliegen.

„Wir haben uns ja eine gruselige Geschichte gewünscht", glättete Rosalie die Wogen.

Greta sagte: „Dunkle Seiten schlummern in jedem von uns. Wenn wir in Not geraten, müssen wir uns entscheiden, welchen Teil unserer Seele wir unterstützen wollen. Die Angst oder die Liebe. Die Gier oder die Großzügigkeit, das Eigene oder das Wohl der anderen..."

32 Morgengrauen

„He, was macht dein Arm in meinem Gesicht?“, murmelte Rosalie mehr schlafend als wach und schob Nalas Hand weg.

Sternenträumerin, die sich auf der dünnen Isomatte hin und her wälzte, erschrak. „Was? Was sagst du?“ Das Mädchen bemerkte gar nicht, dass sie ihre Freundin unabsichtlich geboxt hatte.

Rosalie rüttelte sanft an ihrer Schulter. „Wach auf, ich glaube, du träumst wieder schlimm.“ Seit dem Alptraum von der Wilden Jagd hatte Sternenträumerin am Abend regelmäßig geübt ihren Tagtraum zu verändern. Am Morgen vergaß sie jedoch, weiter zu trainieren, denn in den Nächten danach hatte Nala stets angenehme Geschichten geträumt. Sie war geflogen, mit Siebenmeilenstiefeln über das Land geschwebt oder konnte sich beim Aufwachen überhaupt nicht mehr an ihre Träume erinnern.

Unwillig brummte Rosalie: „Du hast mich wirklich gestoßen, das bilde ich mir nicht ein.“

„Kann sein, tut mir leid. In dem winzigen Zelt ist es so eng, möglicherweise hab ich dich beim Umdrehen erwischt.“

„Was glaubst du, wie spät es ist?“, Nala vermutete, dass es bereits dämmerte.

„Morgengrauen, schätze ich“, kicherte Feuerwolf: „Grauen ist das richtige Wort dafür.“

Sternenträumerin hatte eine Idee: „Hast du Lust, den Sonnenaufgang zu sehen? Am Gipfel ist er sicher umwerfend."

„Bist du denn von allen guten Geistern verlassen, wie sollen wir da hinaufkommen?", gähnte Feuerwolf.

„Wie schon?" Nala war schlagartig munter und unternehmungslustig, während Rosalie noch immer in ihr Kissen knurrte. Es bestand aus der zusammengeknüllten Jacke und den Jeans, die sie sich unter den Kopf geschoben hatte.

„Stell dir vor! Wir beide mit Lilou und Gandalf am alten Hexentanzplatz! Der Himmel färbt sich orange und rot, der Feuerball der Sonne steigt langsam auf und strahlt..." Nala schwärmte und malte sich das zukünftige Erlebnis in leuchtenden Farben aus.

Rosalie ließ sich allmählich von der Euphorie ihrer Freundin anstecken. „Du unverbesserliche Romantikerin. Am liebsten würdest du wahrscheinlich mit Emanuel in den Sonnenaufgang reiten." Sie konnte nicht anders, als Nala mit ihrer Verliebtheit aufzuziehen.

„Ach komm, DU bist meine Hexenschwester! Klar wäre es super, wenn er dabei ist. Aber wir können Emanuel sicher nicht aufwecken, ohne gleichzeitig Greta aus dem Schlaf zu reißen."

„Dann ziehen eben nur wir beide los. Du hast mich überzeugt." Rosalie strampelte sich entschlossen aus ihrem Schlafsack und öffnete den Reißverschluss des Zeltes. Dichter Nebel verdeckte die Sicht auf den Lagerplatz und die Pferde. „Da draußen sieht es ungemütlich aus."

Nala stellte fest: „Es ist oberhell".

„Was soll denn das wieder bedeuten?"

„Diesen Ausdruck verwenden wir, wenn auf den Gipfeln die Sonne scheint, während es im Tal trübe und bedeckt ist. Wunderschön! Sobald man aus dem Nebelschleier auftaucht, strahlt alles hell und sonnig. Und heute Morgen wird es sicher so sein."

Rosalie krabbelte aus dem Zelt und zischte: „Pssst! Wir halten besser den Mund, um ungestört zu bleiben."

Die Mädchen schlichen auf Zehenspitzen zu den Pferden und sattelten möglichst lautlos. Gandalf und Lilou spielten mit. Als ob sie von dem Vorhaben ahnten, verhielten sie sich vorbildlich. Nicht einmal das übliche freundliche Schnauben der weißen Stute störte die Stille. Nur Avalon wurde aufmerksam und brummelte ein wenig, sobald sich die Reiterinnen von den beiden zurückbleibenden Pferden entfernten. Erst als die Hexenschwestern um die nächste Ecke bogen, wagten sie, wieder miteinander zu sprechen.

„Bist du sicher, dass du weißt, wo es langgeht?", fragte Nala. Inzwischen übernahm die beherzte Rosalie die Führung: „Der Nebel ist dicht", Nalas morgendlicher Wagemut ließ allmählich nach.

Feuerwolf dagegen wurde zusehends wacher und ihr Tatendrang war nicht mehr zu bremsen. „Es gibt doch bloß einen Weg, der aufwärtsführt. Wo soll er schon hinführen, außer auf den Gipfel?"

Lediglich das gedämpfte Klappern der Hufe drang aus der Nebelsuppe, in der die Mädchen und ihre Pferde sich bewegten. Ihre Jacken, Jeans und Boots wurden klamm von der Feuchtigkeit, die sie umgab. Fröstelnd zog Rosalie ihre Schultern hoch.

Nala begann, an ihrem Unternehmen zu zweifeln: „Wie weit ist es eigentlich auf den Gipfel, hast du eine Ahnung?"

„Das hätten wir uns früher überlegen sollen. Jetzt sind wir unterwegs und aufgeben gilt nicht!“ Feuerwolf fragte trotzig: „Oder willst du bei der ersten Schwierigkeit gleich umdrehen?“

„Nie im Leben! Nur weil ein eisiger Wind weht, wir vollkommen durchnässt sind und keine Ahnung haben, wohin wir reiten, werden wir doch nicht das Handtuch werfen!“, feixte Nala.

Mit Todesverachtung folgten die Mädchen dem Weg. Das Heulen der Windgeister und die unheimlichen Nebelfetzen versuchten sie zu ignorieren.

33 Hier und Jetzt

„Was ist denn nun los? Es scheint eher dunkler zu werden als heller.“ Nala musste sich bereits anstrengen, um den Weg zu sehen. Die Dunkelheit umfing die Mädchen und ihre Pferde mehr und mehr.

„Zurück wäre es genauso finster wie vorwärts. Also können wir ebenso gut weiterreiten.“ Sternenträumerin erinnerte sich an die Warnung, die Griseldis ausgesprochen hatte. „Meinst du, es sind dunkle Kräfte oder Wächter des Hexentanzplatzes, die das Licht verschlucken und uns abschrecken möchten?“

„Sie hat uns gewarnt, aber wir haben nicht darauf geachtet, hoffentlich tut uns das nicht noch einmal leid“, sagte Rosalie.

„Hei, jemand hat mich an den Haaren gezogen! Wer war das?“ Nala drehte sich empört im Sattel um.

„Du fängst ein bisschen zu spinnen an!“, rief Feuerwolf ihrer Freundin zu. Aber Sternenträumerin hörte sie kaum.

„Ich versteh dich schlecht“, schrie sie mit aller Kraft nach vorn.

Ihre Stimmen wurden immer leiser. Schließlich konnten die Hexenschwestern nur noch beobachten, wie sich ihre Münder öffneten und schlossen. Kein Ton kam heraus. Sie blickten sich entsetzt an. Die Stille war gespenstisch und erschütterte die Mädchen bis ins Mark. Wie sollten sie miteinander kommunizieren in dieser unheimlichen, düsteren Welt, die sie umgab, jeden Ton verschlang und zusehends dunkler wurde?

Rosalie hob ihren Arm und zeigte damit nach vorn. Sie wollte offenbar weiterreiten. Nala schüttelte misstrauisch den Kopf. Sie mussten nun mit Gesten und Handzeichen auskommen, um sich zu verständigen. Sollten sie wirklich versuchen weiterzureiten? War es Zeit, die Warnung der Geister, Schlernhexen, oder was immer sie in diese Lage gebracht hatte, ernst zu nehmen? Umkehren? Aufgeben? Durchhalten? Tausend Möglichkeiten schwirrten durch ihre Köpfe und alle wild durcheinander. Leider konnten sie sich nicht austauschen und miteinander reden. Das war bisher das Wichtigste für die beiden Mädchen gewesen. Quatschen, lachen... sie fühlten sich beraubt. Ein unbekanntes Monster nahm ihnen ihre Schwesternschaft und ließ sie gemeinsam und doch isoliert zurück. Die Trennung war schmerzhaft und verstörend.

Fieberhaft überlegte Rosalie, was sie aus dieser stummen und finsteren Hölle retten könnte. Ihr fiel nur absolut keine Lösung ein. Inzwischen hatte die Dunkelheit und Stille beide Mädchen vollkommen verschluckt. Was blieb Feuerwolf noch übrig? Ihre Sinne waren durch eine geheimnisvolle Kraft blockiert. Verzweifelt und regungslos dachte sie über einen Ausweg nach. Da bewegte sich Gandalf. Er machte nur einen einzigen Schritt, aber das genügte.

„Fühlen, ich kann fühlen", wie ein Blitz traf sie diese Erkenntnis. „Möglicherweise gelingt es mir, zu spüren, wo Nala ist?" Ihre Schenkel berührten den Noriker und sie nahm die Wärme wahr, die ihr Pferd verströmte. Wenn Rosalie ganz still war, konnte sie sogar den Atem Gandalfs wahrnehmen, denn ihre Beine wurden durch diesen Rhythmus leicht bewegt. Das hatte sie noch nie bemerkt. Ihr Instinkt erwachte! Feuerwolf witterte die Verbindung zu ihrer Hexenschwester. Ihre Nasenflügel bebten, während sie die Luft einsog. Rosalies Nase verwandelte sich in die feinfühlige Schnauze eines Wolfes. So empfand sie es jedenfalls. Da ihr Sehen und Hören ausgeschaltet waren, entwickelte sich ein neuer Sinn. Feuerwolf fühlte sich wie ein nachtaktives Tier. Ihr gesamter Körper wurde zu einem Energiefeld, das sich ausdehnte und zusammenzog, um sich zu orientieren. Da, wo sie ein anderes Wesen, wahrscheinlich Nala, berührte, erlebte Rosalie eine Art magnetische Anziehungskraft. Das musste ihre Hexenschwester sein! Mit einer Sicherheit, die Augen oder Ohren nicht kannten, wusste sie, wo sich ihre Freundin befand.

Nala, die genauso verloren und hilflos in Stille und Dunkelheit gestrandet war, versuchte sich darin, ihre Lage umzuträumen.

„Wie kann ich die Situation verändern? Wann hat sie angefangen?“ Doch das Mädchen geriet zu sehr in Panik, um klar zu denken. War der Entschluss, allein loszureiten, bereits falsch gewesen? Er war verwegen und vielleicht etwas unbesonnen. Aber nein, auch bei scharfem Nachdenken fühlte es sich gut und richtig an, dass sie den Sonnenaufgang erleben wollten. Sternenträumerin durchsuchte ihre Erinnerung in Windeseile. Nichts, das Mädchen fand keinen Fehler! Sie waren doch auf der Suche nach ihrer eigenen Medizin und sollten deshalb manches allein versuchen. Das hatte Greta ihnen erklärt, oder verstand sie das falsch?

Endlich stellte Nala fest, dass es diesmal nicht einen bestimmten Zeitpunkt gab, an dem sie etwas verändern könnte. Und plötzlich wusste sie intuitiv, dass es JEDERZEIT eine Möglichkeit zur Veränderung gab. Sie musste nicht in der Vergangenheit kramen. Im Hier und Jetzt zu sein, achtsam und wach. DAS bedeutete es, aufzuwachen in den eigenen Traum! Das war es, was Greta, Griseldis und Blaue Feder ihr immer wieder versucht hatten beizubringen! JETZT ist der Moment der Kraft!

„Die Vergangenheit ist vorbei, die Zukunft kann ich jederzeit erträumen, und zwar genau jetzt!“ Nala stellte sich vor, wie eine buntschillernde Seifenblase um Lilou, Rosalie, Gandalf und sie selbst entstand. Das Gebilde aus Regenbogenlicht besaß einen eigenen Puls, einen Rhythmus wie ein Herzschlag. In diesem langsamen Takt begann ihr wundervolles Pferd vorwärtszugehen. Jeder Schritt ließ die Kugel aus Licht mitschwingen. Jetzt... Schritt... jetzt... Atemzug... jetzt... Schritt... ein Tanz aus Bewegung, Licht und Vertrauen entstand. Endlich begriff Nala was es bedeutete, dieses geheimnisvolle „Im Hier und Jetzt Sein", von dem Greta gesprochen hatte.

Es dämmerte, zum zweiten Mal an diesem besonderen Morgen.

Die Vögel zwitscherten.

Die Vögel zwitscherten!

Was für ein Erlebnis, was für ein Wunder! Die Farben wurden lebendig. Das Grün der Bäume wurde sichtbar. Sogar das Grau der Steine leuchtete auf. Die roten Locken Rosalies wippten auf und ab und Nalas blonder Schopf strahlte hell. Die Pferde tauchten aus der Dunkelheit auf. Ihre Hufe klapperten auf dem Weg. Der Spuk verschwand, löste sich auf und ließ die Mädchen mit neu erwachten Sinnen zurück. Sie konnten sich nicht sattsehen an den ersten Sonnenstrahlen, die den Hügel entlang krochen und ein Flammenmeer entzündeten. Rot, orange, gelb, violett glühten die Gipfel ringsum. Sonnenaufgang. Sie hatten es geschafft!

34 Bullen

Die Hexenschwestern genossen den Anblick in vollen Zügen. Sie sahen unzählige Bergspitzen von oben. Jede einzelne war in leuchtende Farben getaucht. Die Federwolken, die über den Himmel schwebten, wirkten wie rosarote Zuckerwatte, und die Mädchen fühlten sich wie staunende Kinder am Jahrmarkt.

„Brrrrr, diese grauenhafte Stille und Dunkelheit war das Unheimlichste, was ich erlebt habe", seufzte Nala, nachdem sie das Naturspektakel auf sich hatte wirken lassen.

Rosalie versank einen Moment in ihren Gedanken und stellte dann fest: „Die Zopfmenschen haben uns alles beigebracht, damit wir uns aus dieser schwierigen Lage befreien konnten. Wir sind noch einmal davongekommen!"

Sternenträumerin berichtete von ihrer überraschenden Erkenntnis, dass es die Möglichkeit gibt, im Hier und Jetzt das Leben umzuträumen, und Feuerwolf beschrieb das Erwachen ihrer Sinne in eine vollkommen neue Dimension. Nachdem sie ihre aufregenden Erlebnisse ausgetauscht hatten und endlich wieder aufatmeten, nahmen sich die Mädchen Zeit, sich auf dem Gipfel des Schlern umzusehen. Die Hochebene des mystischen Hexentanzplatzes war so weitläufig, dass man das andere Ende nicht erblickte.

„Wow, das Plateau ist so hoch oben und riesig. Ich kann mir jetzt viel besser vorstellen, dass sich hier die Hexen in früheren Zeiten getroffen haben. Es ist zauberhaft auf diesem Kraftplatz. Ich habe das Gefühl, wir sind auf dem Dach der Welt angekommen."

Nala drehte sich mit Lilou einmal um die eigene Achse, um den Rundumblick auf die weitläufige Almwiese auszukosten.

Rosalie kraulte Gandalf, um ihn für seine Tapferkeit zu belohnen. „Du bist ein unglaublicher Freund. Danke, dass du die Nerven bewahrt hast.“ Dann stieg sie vom Rücken des Pferdes und meinte zu Nala gewandt: „Komm, wir setzten uns hier auf den Stein und genießen ein wenig die Farbenpracht auf den Bergspitzen.“

Nala schwang sich aus dem Sattel und schmiegte sich an Lilous Hals. „Als ich dich zum ersten Mal sah, wusste ich sofort, dass wir zusammengehören. Und jetzt sind wir hier, am tollsten Hexentanzplatz, und das noch zum Sonnenaufgang!“

Schweigend saßen sie auf einem Stein und waren überwältigt von der Schönheit der Morgenröte. Und diesmal fühlte sich die Ruhe angenehm und zufrieden an. Zwei Mädchen, zwei Pferde und die Bergspitzen unter ihnen.

Plötzlich ertönten seltsame Geräusche: „Muuuuh, Muhhh!... Klingeling... Bim, bim...“

Rosalie horchte auf: „Hörst du das?“

„Sind das die Kühe, von denen Griseldis uns erzählt hat?“

„Hier gibt es doch einen Zaun?“, fragte Feuerwolf und hielt Ausschau nach einem schützenden Gatter.

Nervös ließ Nala ihren Blick über die gewaltige Weide schweifen. „Ich seh‘ eigentlich keinen...“

Auch Lilou hob ihren Kopf und ihre Nüstern bebten. Beide Ohren drehten sich hektisch hin und her. Selbst der gelassene Gandalf fing an zu schnauben und mit einem Huf zu scharren.

„Sie spüren die Anwesenheit der anderen Tiere," vermutete Nala.

Rosalie stellte sich auf die Zehenspitzen, um über den Rücken ihres fuchsroten Norikers in die Ferne zu gucken. Von dort näherte sich eine Herde grauer Kühe in raschem Tempo. „Komm, wir hauen ab. Ich finde es unheimlich, wie schnell die Viecher auf uns zurasen."

Lilou tänzelte unruhig von einem Bein aufs andere. „Sie ist so nervös, ich weiß nicht, ob ich so in den Sattel komme", stöhnte Nala. Mit dem Mut der Verzweiflung gelang es ihr gerade noch, sich auf ihr Pferd zu schwingen, bevor die Araberstute einen stürmischen Satz nach vorn machte. Leider standen sie deshalb nun vor einem Abgrund und Lilou drehte sich blitzartig auf der Hinterhand, um nicht abzustürzen. Keuchend versuchte Nala, sich auf dem Pferderücken zu halten. Rosalie war zwar wesentlich anmutiger auf Gandalf gesprungen, hatte aber alle Hände voll zu tun, ihr Pferd zu beschwichtigen. Das Bimmeln und Klingen der Kuhglocken wuchs zu einem ohrenbetäubenden Lärm an.

„Das sind keine Kühe!", rief Nala entsetzt. „Das sind junge Bullen!"

„Nein! Wie viel Pech kann man haben? Die sind total neugierig und frech!", stelle Rosalie fest, während sie versuchte, beruhigend auf Gandalf einzuwirken. „Sie rasen irrsinnig schnell über die Weide auf uns zu!"

Es half nur noch die Flucht nach vorn, denn hinter den Mädchen gähnte der Abgrund.

„Du reitest auf die linke Seite und ich auf die rechte. Dann wissen die Bullen nicht, wohin sie laufen sollen", rief Feuerwolf ihrer Hexenschwester zu.

„Los!" Nala brauchte nicht viel, um Lilou zu zeigen, in welche Richtung sie galoppieren sollte. Mit weit aufgerissenen Augen und Nüstern sprang die ängstliche Stute sofort an. Sie preschten an einer Flanke der Herde entlang. Doch die Jungbullen hatten sich für eine Seite entschieden. Sie folgten Lilou! In diesem Chaos zeigten sich die Qualitäten eines arabischen Vollbluts. Das weiße Pferd galoppierte mit hoch erhobenen Schweif pfeilschnell über die Ebene. Noch nie in ihrem Leben war Nala so leicht und frei geflogen. Sie stellte sich in die Steigbügel und hob ihren Körper aus dem Sattel, damit ihr Herzenspferd mehr Tempo aufnahm. Der Wind zerzauste ihre Haare und die Hufe Lilous trommelten auf den Boden. Die jungen Tiere der Viehherde waren zwar unerwartet flott, konnten jedoch mit dem aufgeregten Pferd nicht mithalten und blieben bald muhend zurück. Nala war so stolz auf ihren wundervollen Liebling! Sie flog beinahe wie Pegasus. Sternenträumerin drehte sich im Galopp um, schaute hinter sich und freute sich über die Distanz, die sie inzwischen gewonnen hatten.

„Aahhhhhh!!!!!" Der Boden unter ihnen gab nach! Lilou war in ein Loch in der unebenen Wiese getreten. Die Beine des Pferdes knickten ein und es überschlug sich in hohem Bogen! Nala wirbelte durch die Luft und landete auf der Schulter. Mit einem dumpfen Geräusch knallte sie auf die Erde. Sie versuchte, in ihre gequetschten Lungen zu atmen, bevor sie verdattert den Kopf hob. Der Anblick brach Sternenträumerin fast das Herz. Lilou lag auf der Seite und es schien, dass eines ihrer Beine in einem seltsamen Winkel wegstand.

„Kein Schmerzlaut, es stimmt!", diese absurde Erkenntnis war das Erste, was Nala in den Sinn kam.

Sogar die Bullen blieben vor Schreck stehen und verharrten in einigen Metern Entfernung. Sie stierten verwundert auf das verletzte Pferd und seine Reiterin.

Rosalie galoppierte auf Gandalf über die Weide zu Nala und Lilou. „Oh, mein Gott, was ist passiert? Das sieht ja schrecklich aus."

Tränen schossen in Nalas Augen. „Ich glaube, ihr Fuß ist verletzt", schluchzte Sternenträumerin.

„Bitte nicht! Das wäre ihr Ende! Ein Pferd mit gebrochenem Bein wird meistens eingeschläfert. Nein! Das darf nicht sein! Bist wenigstens du unverletzt?", fragte ihre Hexenschwester besorgt.

„Keine Ahnung! Das ist mir auch egal!", Nala konnte kaum sprechen. Ihr war übel, aber sie versuchte, ihren eigenen Schmerz und die Verwirrung zu ignorieren. Das Mädchen robbte auf allen vieren zu ihrem Liebling. Schluchzend umarmte sie Lilou. Ein Zittern ließ den Körper der Araberstute erbeben.

„Wie dumm sind wir gewesen! Wie unvorsichtig und idiotisch!", stieß Nala hervor.

„Jetzt ist keine Zeit für Vorwürfe, wir müssen Hilfe holen. Du bleibst bei Lilou und ich reite zu Greta und Emanuel. Die wissen, was zu tun ist." Es zeigte sich Rosalies Talent, in Krisen umsichtig zu handeln. „Kann ich dich wirklich allein lassen, oder brauchst du mich hier?", fragte Feuerwolf nach.

Nala lehnte sich an Lilou und wurde von einem Weinkrampf geschüttelt: „Was soll ich bloß machen? Mein Liebling! Und ich habe dir versprochen, dass du in Sicherheit bist und nun dieses Schlamassel!"

Rosalie unterbrach die Selbstvorwürfe ihrer Freundin: „Schluss mit dem Geheul! So hilfst du Lilou bestimmt nicht. Die Zopfmenschen halten doch so viel von dir und deinen Heilkräften. Erinnere dich an die Prophezeiung! Es klingt zwar irre, aber was, wenn das alles zu einem größeren Plan gehört?"

„So ein Blödsinn! Größerer Plan? Was soll denn das? Ich glaub's nicht", wimmerte Nala. Sie rang um Atem.

„Ich bin mir sicher, dass DU diejenige bist, die fürs Heilen zuständig ist. Meine Aufgabe ist es, als Botin, so schnell es geht, Greta und Emanuel hierher zu führen. Ist das in Ordnung für dich? Die Kühe stehen zwar endlich still. Vielleicht haben sie aber bald wieder Hummeln im Hintern und springen herum. Das wäre dann wirklich schwierig für euch."

Nala streichelte ihr Seelenpferd sanft über den Hals und fasste einen Entschluss: „Reite los und hol die beiden. Ich bleibe bei Lilou und werde bei ihr sein, egal, was geschieht."

35 Verbindung

Allmählich wurde Nalas Blick wieder klar. Mit dem Jackenärmel wischte sie sich die Tränen aus den Augenwinkeln. Lilou atmete heftig. Das Pferd zuckte und wollte aufstehen. Es blieb jedoch bei einem hilflosen Versuch, denn das verletzte Bein fand keinen Halt und die weiße Stute ließ sich entkräftet zu Boden sinken. Das alles geschah in gespenstischer Stille. Nur das Bimmeln der Kuhglocken mahnte an die Gefahr, die die Jungbullen darstellten, auch wenn sie jetzt gerade friedlich grasten. Nalas Hände ertasteten das Fell Lilous. Die gleichmäßige Berührung tröstete das Mädchen ein wenig. Als sie in die dunklen Augen der sanften Stute blickte, begannen ihre Finger in weichen, kreisförmigen Bewegungen über das Pferd zu gleiten. Erstaunt beobachtete Nala sich selbst. Es war, als würden ihre Hände von einer weiseren und stärkeren Macht geführt.

„Weyaheya, weyoooo, jowejahh...“, ihre eigene Stimme klang fremd. Sie kam aus ihrem Mund und schien gleichzeitig aus weiter Ferne zu erschallen. Es war das Heilungslied, das Sternenträumerin schon zweimal gesungen hatte. Nala empfand etwas Seltsames. Dieses Lied war wie ein alter Freund, der zu Besuch kam. Hunkapi! Das war es! Der Gesang schien ein Verwandter aus einer anderen Welt zu sein. So könnte sie ihr Gefühl am ehesten beschreiben.

Auf der riesigen Hochebene näherte sich eine helle, durchscheinende Gestalt. Sie sah aus wie eine sehr kleine Frau mit silbernem Haar und feinen Gesichtszügen. Sie schwebte ungefähr eine Handbreit über dem saftigen Gras auf Nala zu. Sternenträumerin hörte nicht auf zu singen, obwohl sie absolut verzaubert von der schillernden Erscheinung war. Die Klänge schwangen durch sie durch, benutzten ihre Stimme.

„Keine Angst, ich bin Martha". Noch bevor Nala eine Frage stellte, antwortete die Fremde. „Ich bin die gute Hexe vom Schlern und dein Gesang hat mich gerufen."

„Es ist gar nicht MEIN Gesang", sagte Sternenträumerin. „Keine Ahnung, woher das kommt."

Die sagenhafte Martha nickte: „Ich weiß. Lieder sind wie eigenständige Wesen. Sie tauchen auf, wenn wir sie einladen oder brauchen, wie alte Freunde. Das bedeutet, dass sie seit jeher zu uns gehört haben. Sie sind mit uns verwandt. Zu manchen dieser Klanggestalten haben wir eine spezielle Verbindung. Sie sind Teil unserer Medizin."

„Hilf mir!", schluchzte Nala auf.

„Dass ich hier bin, soll dich stärken, nicht hilflos machen. Meine Kräfte wirken als Unterstützung für deine eigenen. Also sing weiter das Heilungslied und folge deiner Intuition."

„Aber Lilou stirbt vielleicht, wenn ihr Bein gebrochen ist."

Die Gestalt der guten Hexe flirrte und wurde durchsichtiger bei den Zweifeln, die Nala äußerte. Sternenträumerin atmete tief ein und aus, um ihre Aufmerksamkeit zu bündeln. Langsam wurde ihr klar, dass sie ihre eigene Medizin und Kraft benutzen musste. Nur so blieb dieses Zauberwesen weiterhin in ihrer Nähe.

„Kraaah, kraaah..." Tendo! Der schwarze Vogel schwebte durch die Luft und ließ sich neben dem Kopf des verletzten Pferdes nieder.

Nalas Erinnerung erwachte: „Die weisen Raben kennen die magischen und heiligen Regeln und Gesetze." Das stand in dem Buch über Krafttiere geschrieben!

„Dann los, mein Tierverbündeter, teil deine Weisheit mit mir", forderte sie Tendo auf.

„Trrrräumen", schnarrte der Rabe aus seinem krummen Schnabel. „Trrräumen."

„Ich werde es versuchen", sagte Nala, während sie ihr Herzenspferd sanft berührte und sich dabei der verletzten Stelle näherte. Die Ermutigung Tendos ließ ihre Hoffnung und Zuversicht wachsen. Es gelang ihr, sich vorzustellen, wie sie mit Lilou im leichten Galopp über die Wiese flog, ihre Augen aufmerksam auf den Horizont gerichtet. Sternenträumerin bemerkte so das Loch im Boden aus weiter Ferne und lenkte die Stute ein wenig zur Seite. Sie galoppierten fließend und ungestört an der Unebenheit vorbei und Nala spürte eine überschäumende Fröhlichkeit in ihrem Herzen. Im nächsten Bild, das Sternenträumerin entwickelte, als sie den Film des Unfalls zurückspulte, hielten sie beide einfach ein Stück vor der Senke an, in die Lilou ansonsten stolpern würde. Der Abstand zwischen der Bullenherde war ohnehin groß genug. Sie befanden sich bereits außer Gefahr. Nala dreht sich bei diesem zweiten Versuch des Umträumens im Sattel nach hinten und sah mit Freude, wie die verdutzten Jungtiere die Verfolgung längst aufgaben. Auch Lilou wendete auf der Hinterhand und hob ihren weißen Kopf. Selbstbewusst betrachteten die beiden den Abstand, den sie durch ihren unglaublichen Sprint gewonnen hatten. Übermütig warf Nala ihre Hände in die Luft. Fantastisch, wie schnell die wundervolle Araberstute galoppierte. Noch eine dritte Möglichkeit sollte ihr in den Sinn kommen, um die Katastrophe zu verhindern und die Vergangenheit zu verändern. Das Mädchen überlegte kurz. Ja, das war die Idee! Ein Sprung über die Untiefe im Boden! In diesem Zustand des Träumens hatte Nala genug Mut um ihr Herzenspferd nicht daran zu hindern, voller

Schwung und Kraft den Graben zu überwinden und wieder auf sicherem Terrain zu landen. Bis auf den kleinen Hopser auf Gandalf hatte Sternenträumerin sich noch nie richtig zu springen getraut. Immerhin fühlte sich das Mädchen als Anfängerin. Doch jetzt, in ihrem Traum, schwebte sie gemeinsam mit Lilou in einem mächtigen und eleganten Sprung über die Falle. Flügel breiteten sich aus wie die eines Pegasus. Der Sprung wurde zum Flug, der Flug zur Reise auf dem weiten, blau leuchtenden Himmel. So fühlte sich Freiheit an! All diese Gedanken und Fantasien waren in einem rasenden Tempo durch Nalas Kopf geschossen. Wahrscheinlich geschah das Umräumen in wenigen Sekunden, mühelos und spielend. Sternenträumerin empfand eine Leichtigkeit und Grenzenlosigkeit wie nie zuvor. Sie fand nun endlich ihre Kraft wieder und erinnerte sich an ihre Medizin.

Tendo trippelte aufgeregt umher und schlug mit seinen schwarzen Flügeln: „Verrrrbinden, verrrrbinden."

Nala verstand kaum, was ihr Tierverbündeter vorschlug, und doch drang die Botschaft tief in ihr Unterbewusstsein. Verdutzt bemerkte sie eine Veränderung? Klopfte ihr Herz plötzlich heftiger? Nein, das Medizinbündel, das Sternenträumerin um ihren Hals trug, vibrierte sanft und ihre Hand griff instinktiv danach. Sie dachte voller Sehnsucht an ihre Freunde, mit denen sie durch das Bündel zusammengeschweißt war.

Nala murmelte die Worte, wie einen Zauberspruch: „Ich rufe euch, ihr Zopfmenschen. Hört mich durch Zeit und Raum. Kommt her, auf diesen Zauberplatz. Lilou braucht Hilfe. Und ich, ehrlich gesagt, auch!" Sie sah hilfesuchend zum Himmel. Ein Adler kreiste hoch in den Wolken und ließ seinen hohen, pfeifenden Schrei erklingen. Nala hoffte: „Bring meine Bitte zum Großen Geist, wie immer der aussieht, oder wo immer er ist."

36 Goldenes Licht

„Bumm, bumm.... bumm, bumm...“, dröhnte eine Trommel aus der Ferne. Die Atmosphäre über dem Gipfelplateau schwang wie eine riesige Klangschale. Sogar die Erde schien im Rhythmus des Trommelschlages zu beben.

„Ein Tor öffnet sich“, Nalas Gedanken waren schlagartig glasklar. „Sie kommen...“

Blaue Feder erschien mit Griseldis, Paul, Claire und Wolfsherz. Sie setzten sich in einem Kreis auf die Erde rund um Lilou. Sternenträumerin begann wieder zu singen. Alle stimmten in das Lied ein.

Rosalie, Greta und Emanuel erreichten außer Atem den Platz, an dem sich der Heilkreis gebildet hatte. Bei ihrem Anblick hoffte Nala aus tiefstem Herzen, dass sich alles fügen würde. Fini setzte sich auf den Schoß Rosalies, deren Wolfsaugen grün aufblitzen. Sie schien sich zusehends in ihr Medizintier zu verwandeln. Wolfsherz, der neben ihr saß, strahlte eine Energie aus, die wild und sanft zugleich war. Die Freunde transformierten sich zunehmend in ihre Krafttiere! Claire, die Wächterin des Steinkreises um die große Eiche, besaß die Kraft eines Büffels. Sie wandte sich nach außen, um die Kuhherde in Schach zu halten.

Nala bemerkte die Trommel, die von der Schamanin geschlagen wurde. Sie war mit verschiedenen Tieren bemalt. Ein Delfin, eine Schildkröte, ein Pferd und ein Adler leuchteten in bunten Farben auf. Mit jedem Trommelschlag, den Blaue Feder setzte, schienen das Fell des Instruments mehr zum Leben zu erwachen. Nachdem der hypnotische Rhythmus die Atmosphäre erfüllt und aufgeladen hatte, übergab die Medizinfrau ihrem Lehrling Emanuel die Trommel. Nahtlos fügte sich der Takt der Schläge ineinander. In dem Moment als Weltenhüter das magische Instrument anschlug, begann der Delfin, der sein Krafttier war, sich spielerisch zu bewegen. Diesen Impuls übernahmen all die anderen Tierwesen. In einem geheimnisvollen Tanz, sprangen, krochen und schwammen sie miteinander über das Fell der Trommel. Ein Vibrieren und Leuchten entstand und Lilous Körper entspannte sich mit jedem Ton des Heilungsliedes. Nalas Hände nahmen die Schwingungen des Instrumentes auf. Sternenträumerin fühlte, dass ihre Finger fast unter die Haut des Pferdes glitten. Sie berührte dieses verletzte Wesen im Inneren. Die Grenzen ihrer beiden Körper verschwanden, wurden unwichtig. Voll Selbstvertrauen fasste Nala die verwundete Stelle am Bein Lilous an, augenblicklich durchfloss goldenes Licht ihre Fingerspitzen. Nichts mehr erschien wichtig außerhalb des gemeinsamen Raumes, des Heilkreises aus Medizinlehrlingen und erfahrenen Heilerinnen, Hexen und Schamanen. Sie alle waren ein einheitlicher Klang, Körper, Kreis, ein einziges Wesen.

Nala verlor das Gefühl für die Zeit. Lilou blickte durch die Augen der Sternenträumerin direkt in die Unendlichkeit. Was immer zur Heilung des Pferdes getan werden musste, es geschah ohne Nalas aktives Zutun. Sie ließ lediglich zu, dass eine liebevolle Kraft ordnete, heilte und durch ihre Hände strömte.

Schließlich näherte sich Griseldis. Sie zog eine Flasche mit glänzendem Öl aus ihrer Schürzentasche, rieb getrocknete Kräuter auf Lilous Bein und träufelte den heilenden Trank darüber. Mit einer stummen Geste forderte die Hexe Nala auf, ihre Hände abschließend auf das Pferd zu legen. Sie fühlten sich heiß und vibrierend an, aber gleichzeitig wusste Sternenträumerin tief in ihrem Inneren, dass alles getan war.

Die weiße Stute prustete und zitterte, bevor sie einen Versuch unternahm aufzustehen. Die Vorderbeine richteten sich zuerst auf, dann folgten vorsichtig die Hinterbeine. Bis Lilou schließlich ihre Balance wiederfand und erschöpft, aber aufrecht stand. Die Menschen im Heilkreis atmeten auf und ihre Gesichter strahlten vor Erleichterung.

Vier klare, starke Trommelschläge ertönten und beendeten den Gesang.

„Ferrrrrtig, ferrrrrtig“, krächzte Tendo und setzte sich auf Nalas Schulter.

37 Aufatmen

Immer noch vibrierten die Luft und die Erde im Rhythmus des Heilungsliedes, selbst wenn kein Ton mehr zu vernehmen war. Die Herzen der Menschen und der Tiere aus dem Heilkreis schlugen im gleichen Takt. Der Zauber durchdrang alles. Eine Mischung aus Zufriedenheit, Glück und Erschöpfung verwob sich in der Atmosphäre über dem Hexentanzplatz. Die Spannung löste sich auf in erleichtertes Lachen, Umarmungen und Dankbarkeit. Am meisten spürbar war das Erstaunen in den Gesichtern der Jugendlichen, die zum ersten Mal eine Heilung miterlebt hatten. Nala streichelte liebevoll die Mähne Lilous, die noch immer an derselben Stelle stand, an der sie sich erhoben hatte. Wolfsherz und Rosalie saßen sich gegenüber und hielten sich an den Händen. Ihre Wolfsnatur bildete sich allmählich zurück und die beiden nahmen wieder ihre ursprüngliche Gestalt an.

Die ersten Worte sprach Blaue Feder zu Weltenhüter: „Diese Trommel ist ab nun dein Heilungsinstrument. Sie wurde seit hunderten von Jahren von einem Schamanen zum anderen weitergegeben. Nun hütest du sie und darfst sie als Werkzeug benutzen, um den heiligen Rhythmus zu finden, der Menschen, Tiere, Pflanzen, Steine und die Ahnenwelt in Balance bringt."

Die Schamanin überreichte Emanuel die Trommel mit feierlicher Miene. Dieser verbeugte sich vor seiner Lehrerin und nahm das uralte Heilungsinstrument strahlend an. Nala fühlte überschäumende Freude. Sie begriff, eine Heilung war ein Zusammenschwingen von vielen verschiedenen Kräften. Griseldis, Greta, Paul und Claire lächelten erleichtert und entspannt. Ein kräftiger Windstoß brachte Bewegung in die Gruppe. Er pustete die Bedrohung vollends weg und wirbelte alles durcheinander. Bald purzelten die Fragen der Medizinlehrlinge kreuz und quer durch den Raum.

„Was hast du da mit Lilou angestellt?“, wollte Rosalie von Nala wissen. Doch die konnte ihr nicht richtig zuhören, denn sie war selber voller Wissensdurst.

„Wie habt ihr bloß gespürt, wo ich bin, und dass ihr mir zu Hilfe kommen müsst?“, fragte Sternenträumerin und dann zu Griseldis gewandt: „Was sind das für geheimnisvolle Kräuter?“

Blaue Feder ergriff das Wort: „Ich weiß um eure vielen Fragen. Doch jetzt ist nicht der richtige Zeitpunkt, sie zu beantworten. Es gibt etwas Wichtiges, das ihr wissen müsst. Jede Zeremonie trägt ein Geheimnis in sich. Und es ist entscheidend, dass ihr fähig seid, es auch zu bewahren. Lasst euren Geist ruhig werden. Ehrt die Magie. Sie offenbart sich nur in der Stille. Sprecht eine Zeit lang nicht über das, was geschehen ist. Behaltet das Wunder in euren Herzen. Freut euch am Leben, der Natur und der Freundschaft. Wir danken den Elementen und Kräften, die uns unterstützt haben.“

Nachdem sie gesprochen hatte, zündete sie in einer Muschelschale herrlich duftende Kräuter an und räucherte damit die Menschen aus dem Heilkreis. „Es kommt die Zeit, da sprechen wir über die Zeremonie. Aber zuerst feiern wir ein Fest der Freude.“

Als alle mit dem Rauch der Heilkräuter gereinigt waren, schmunzelte Griseldis: „Ein Fest der Freude ist zum Beispiel ein tolles Frühstück. Was meint ihr dazu?“

Die strahlenden Gesichter beantworteten ihre Frage zur Genüge. Greta sah sich Lilous Beine an. Sie hob jedes einzelne auf und untersuchte Sehnen, Knochen, Bänder durch sanfte, geschmeidigen

Bewegungen, die sie mit ihren Händen ausführte. „Fühlt sich nicht schlecht an. Natürlich kann ich noch nicht sagen, ob die Verletzung vollständig ausheilt, aber für den Moment lassen wir sie in Ruhe und genießen, was uns das Leben geschenkt hat."

Wie Griseldis ein Feuer herbeigezaubert und in einer Pfanne ihr Frühstück zubereitet hatte, war rätselhaft. Aber im Moment genossen die jungen Medizinlehrlinge die Erleichterung über die Heilung Lilous zu sehr, um allzu genau darüber nachzudenken. Sie ließen sich die heißen, frisch gebackenen Blaubeernocken schmecken. Mit Zucker bestreut schmeckten sie köstlich. Nicht nur die Jugendlichen waren von dem warmen Frühstück begeistert. Claire, die Köchin des französischen Gestütes, erkundigte sich bei Griseldis nach dem Rezept der Spezialität aus den Alpen, die sie an die Crepes und Waffeln ihrer Heimat erinnerte. Statt der Füllung dieser traditionellen Süßigkeiten aus Frankreich waren hier saftige Blaubeeren im Teig eingebacken. Sie färbten Zunge und Lippen blauschwarz, sodass alle wie fröhliche Vampire aussahen. Paul, der Pferdepfleger, zwinkerte der Kräuterhexe sogar vergnügt und keck zu.

„Griseldis gefällt ihm wohl?", spekulierte Emanuel und Wolfsherz sagte mit vollem Mund: „Oder ihre Blaubeernocken...". Dabei grinste er zufrieden und nahm sich eine weitere Portion.

Die Pferde grasten friedlich nebeneinander. Erstaunlicherweise bewahrten die Kühe einen respektvollen Abstand. So konnten alle ihr reichhaltiges Frühstück genießen und dabei herumalbern. Sie verbrachten eine idyllische Zeit auf der Almwiese, die seit jeher ein Treffpunkt von Hexen, Heilern und einer magischen Gesellschaft gewesen war. Lilou wagte einige vorsichtige Schritte von Grasbüschel zu Grasbüschel und senkte ihren Kopf zum Fressen. Blaue Feder und Greta beobachteten die Bewegungen der weißen Stute und freuten sich über ihren wiederkehrenden Appetit. Ein gutes Zeichen für die Genesung. Als alle gesättigt im Kreis saßen, war es schließlich an der Zeit, von der Heilungszeremonie zu sprechen. Gespannte lauschten die Medizinlehrlinge den Worten der Schamanin.

Blaue Feder wandte sich an Nala: „Lilou hat sich dir ganz anvertraut und du bist in vollkommener Harmonie mit ihr gewesen. Du warst mit den Elementen des Medizinrades verbunden. Deine Emotionen waren klar und rein, wie sprudelndes Wasser aus einer Gebirgsquelle. All das Heilwissen, das du auf natürliche Weise hast, ist durch die Berührungen in Lilous Schmerz geflossen und hat ihn gelindert. Also warst du auch mit der Erde, dem körperlichen Aspekt im Einklang. Der Wind hat dich unterstützt und deinen Geist geöffnet, so dass du ein wirksames, uraltes Heilungslied empfangen und benutzen konntest. Das Feuer, das unseren spirituellen Teil verkörpert, hat dir Hoffnung gegeben und ist als goldenes Licht aus deinen Händen geflossen. Alle Elemente des Medizinrades haben sich vereint, um Lilou und dich zu leiten."

Nala war berührt von der Erklärung ihrer Lehrerin und doch fehlte ein Teil des Rades: „Aber wie bin ich mit der Leere, dem Zentrum, verbunden gewesen?"

„Ein Ausdruck der Mitte ist die ‚Offene Herz zu Herz Kommunikation'. Du hast dein Innerstes geöffnet für die Liebe zu Lilou, aber auch für die Liebe zu dir selbst und deiner eigenen Kraft. Damit ist das Zentrum des Medizinrades aktiviert worden."

Rosalie war überwältigt: „Dann ist dieses magische Rad nicht nur eine Theorie, sondern praktisch anwendbar?"

„Wissen muss Mais wachsen lassen", sagte Blaue Feder trocken.

Claire, die Köchin lächelte: „Das ist natürlich nicht nur wörtlich zu verstehen. Es bedeutet, dass jede Weisheit dein Leben und das deines Stammes verbessert. Sonst ist sie nutzlos."

Unsicher fragte Nala: „Glaubt ihr, dass Lilou wieder ganz gesund ist?"

Greta beobachtete das Pferd beim Grasen: „Sie frisst. Das macht ein Tier meist nur, wenn es ihm gut geht. Wir werden deinen Liebling natürlich röntgen lassen, sobald wir im Tal sind. Ein Tierarzt untersucht ihre Beine, damit wir Klarheit haben, ob Lilou zusätzlich ärztliche Betreuung braucht. Spirituelle Heilung und moderne Medizin schließen sich nicht aus, sondern ergänzen sich."

Die Pferdetrainerin war eine praktische Frau, die sicher jede Möglichkeit nutzen würde, um ein Pferd gesund zu erhalten. „Die Zopfmenschen der Aborigines aus Australien sind spezialisiert darauf, gebrochene Knochen mit einem Lied wieder zusammenzusingen. Jahrtausende lang haben Menschen ohne moderne Technik ihre Krankheiten überwunden. Aber natürlich ist die heutige Medizin ein Segen und heilt vieles schnell und effektiv."

Griseldis ergänzte: „Zusätzlich gibt es die Kräuterkunde, die ihren Teil dazu beiträgt, dass alle Wesen in Einklang kommen."

Mit ernster Miene sprach Blaue Feder weiter: „Wenn eine magische Heilung glückt, heißt das, ein natürliches Bild wurde wieder hergestellt. Die Zellen eines Körpers haben sich an ihre gesunde Form erinnert und ihren ursprünglichen Platz wiedergefunden. Das muss aber nicht immer so sein. Manchmal ist es Zeit, sich zu verabschieden und ein Wesen gehen zu lassen. Die innere Haltung einer Medizinfrau ist stets so, dass wir Heilung nicht erzwingen können und wollen. Wir haben die Absicht, alles zu tun, was nötig ist, um Harmonie herzustellen. Aber auch das Sterben gehört zum Kreislauf des Lebens, und wir akzeptieren diese Tatsache in jeder Zeremonie. Ihr dürft eure eigene Kraft nicht über das Geheimnis des Lebenskreises stellen, und wir nehmen demütig an, wenn wir loslassen müssen. Gleichzeitig werden wir weiter lernen, uns entwickeln und alles tun, dass wir das Lebendige auf diesem Planeten schützen und heilen."

„Ich bin froh, dass wir nicht allein verantwortlich dafür sind, ob eine Heilung gelingt. Es liegt nicht in unserer Macht, ob ein Wesen gesund wird." Nala war erleichtert.

„Stimmt, das Beste geben, ist gut genug. Manchmal ist ein Lebensweg einfach zu Ende oder er wird von einer Krankheit begleitet. Nicht alles können wir bestimmen, und das ist gut so", sagte Blaue Feder.

„Ist die Prophezeiung jetzt erfüllt?", fragte Rosalie. „Dürfen wir aufatmen?"

„Ich weiß nicht?" Der schweigsame Paul meldete sich zu Wort. „Fehlt nicht ein wunderschönes Bild aus dem Ritual. Wolfsherz hat es von seinem Platz bei den Mustangs aus gesehen?"

Wie konnte der alte Pferdepfleger dieses Detail nur wissen? Aber der Junge erinnerte sich deutlich an die Vision, gemeinsam mit den Medizingeschwistern über den Bergrücken zu reiten.

38 Wolkenpferd

Wolfsherz schwang sich geschmeidig auf den Rücken des schokoladebraunen Hengstes Wakanda. Feuerwolf stieg auf Gandalf und strich ihm durch die blonde Mähne. Emanuel, Weltenhüter, begleitete Nala zu Lilou, die auf sie zutrabte.

„Sie läuft wieder!“, jubelte Sternenträumerin. Erleichtert und ausgelassen hüpfte sie ihrem Liebling entgegen. „Ich kann es überhaupt nicht fassen, dass du auf allen vier Beinen stehst und gesund bist!“

Avalon bummelte seelenruhig auf Emanuel zu. Er begrüßte den Jungen mit brummenden, tiefen Tönen und steckte seine Nase in die ausgestreckte Hand des Medizinlehrlings. Nala beobachtete verstohlen die Szene. Mit jeder Begegnung wurde sie verliebter in diesen schwarzhaarigen Wuschelkopf.

„Darf ich auf dir reiten? Dann wäre die Prophezeiung erfüllt“, fragte Sternenträumerin ihr Herzenspferd. „Ich werde dir den Sattel abnehmen, das ist dir wahrscheinlich lieber.“ Lilou lehnte ihren Kopf an die Schulter der jungen Heilerin.

Emanuel half seiner Freundin auf den Rücken der weißen Stute. Sanft setzte sie sich. Nala hielt den Atem an. Sie nahm sich vor, sofort wieder herunterspringen, sobald Lilou auch nur die geringsten Anzeichen von Schmerz zeigte. Doch die Araberstute hob anmutig ihren Kopf, als ob sie einen neuen Horizont erblicken würde.

Die vier Freunde auf ihren Pferden verließen die Gruppe der

Zopfmenschen und ritten zuerst langsam, dann immer mutiger und fröhlicher über den Bergrücken.

„Ich fühle mich so frei und glücklich!“ Rosalie strahlte Wolfsherz an. Er saß auf Wakanda, als ob die beiden ein Wesen wären. Die langen, dunklen Haare wurden von einem geflochtenen Stirnband zurückgehalten und die Fransen seiner Lederhose bewegten sich bei jedem Schritt des Pferdes, mit dem er in der Traumwelt lebte. Endlich durften sie zusammensein. Feuerwolf wollte diese kostbaren gemeinsamen Momente genießen. Gandalf fiel in einen langsamen, schaukelnden Galopp und Avalon, Wakanda und Lilou schlossen sich an. Die vier Medizinlehrlinge vergaßen alle Sorgen und Ängste, die sie durchgestanden hatten.

Blaue Feder, Griseldis, Claire und Paul beobachteten die Medizinlehrlinge bei ihrem ausgelassenen Ritt.

„Sie sind ganz schön stark geworden“, stellte der alte Pferdepfleger anerkennend fest.

„Und alle haben ihren Platz gefunden und ausgefüllt“, ergänzte Blaue Feder. „Wir können uns auf die Zukunft freuen.“

Griseldis unkte: „Haben noch viel zu lernen, die Grünschnäbel.“

„Seht nur, wie Lilou sicher läuft“, atmete Greta auf. „Ich hoffe, sie darf bei Nala bleiben.“

Der Ritt dauerte nicht lange, denn Sternenträumerin wollte ihr Herzenspferd nicht zu sehr anstrengen, auch wenn es keine Schwäche zeigte. Sie ließen sich auf einem wunderschönen Platz nieder und freuten sich darüber, dass sich die Pferde der Alltags- und der Traumwelt, ebenso wie die Menschen aus den verschiedenen Dimensionen vermischten. Das Leben fühlte sich endlich richtig und ganz an. Für den Moment fehlte es ihnen an nichts, und das genossen die Jugendlichen. Sie legten sich im weichen Gras auf den Rücken und beobachteten die Wolken, die über den Himmel zogen. Alle versanken in ihren Gedanken, bis Fini zwischen den Mädchen und Jungs herumsprang und sie aus ihren Träumen riss. Rosalie zog eine Haselnuss aus der Hosentasche und steckte sie ihrem Tierverbündeten zu. Possierlich hielt das magische Eichhörnchen die braune Nuss in den Pfötchen und knackte sie auf.

Feuerwolf erinnerte sich: „Hei! Von wegen Nüsse knacken! Wisst ihr eigentlich noch, was im Zauberbuch stand? Menschen, die mit Fini verbunden sind, brauchen und haben diese Fähigkeit! Es ist nur eine andere Beschreibung für das Lösen von Rätseln. Und das, was wir erleben, sind keine simplen Denksportaufgaben. Es geht um echte Mysterien und Geheimnisse, die wir zu knacken haben. Unsere Schwierigkeiten sind ziemlich harte Lektionen, die wir lernen müssen! Ich hab genug für den Moment."

Emanuel, der sich neben Nala auf den Rücken legte, blickte in den blauen Himmel und seufzte: „Wir hatten solche Angst um dich und um Lilou! Aber das gehört wohl zu unserem Medizinweg. Wir stolpern immer wieder in neue Abenteuer und können nur hoffen, dass wir genug Wissen, Mut und Kraft haben, um sie zu bestehen."

Sternenträumerin legte ihren Kopf neben seine Schulter. Sie zeigte auf eine außergewöhnlich geformte Wolke und fragte: „Sieht die nicht aus wie ein Delfin?" Die Medizinlehrlinge entdeckten den weißen Wolkenhaufen, den Nala beschrieben hatte, und nickten begeistert. Der Wind wehte über das Blau des Himmels und allmählich veränderte sich die Silhouette des Medizintieres.

Rosalie grinste: „Schaut mal? Was sagt ihr zu dem wunderschönen Wolf, in den sich der Delfin verwandelt?" Tatsächlich, der

Umriss ihres Krafttieres wurde sichtbar. Das Mädchen schmiegte sich an Wolfsherz, der mit dem Himmel um die Wette strahlte.

Da flog Tendo hoch nach oben. „Er versucht, die Wolken zu erreichen!“, vermutete Nala.

„Na, ja, es wäre wohl zu viel verlangt, wenn sie sich auch noch in einen Raben transformieren würde. Der schlaue Vogel verbindet sich einfach selber mit dem Wolf, indem er in den Himmel steigt“, beobachtete Emanuel.

Dann geschah etwas Merkwürdiges. Die Wolkenbank formte sich zu einem galoppierenden Pferd, ihrem gemeinsamen Krafttier um. Tendo flog neben diesem fantastischen Wolkengebilde durch die Luft. Sprachlos blickten sie hoch zum Himmel des Tages, der genauso viele Wunder barg, wie der Nachthimmel mit seinen Sternen, den sie alle so liebten.

39 Epilog

Die Mädchen striegelten ihre Pferde und machten sich für einen Ausritt bereit. Der Atem der beiden Freundinnen und der Tiere gefror an diesem Sonntagmorgen in der Luft und Raureif hing an den Büschen rings um den Reitstall. Die Laubbäume hatten ihre Blätter abgeworfen und ihre nackten Zweige bildeten bizarre Formen, die sich gegen den herbstlichen Himmel abzeichneten. Nur die Fichten und Tannen behielten unerschütterlich ihre Nadeln und würden so dem herannahenden Winter trotzen. Das Fest von Halloween wurde bald gefeiert. Nala und Rosalie packten sich in dicke Winterjacken ein und trugen gefütterte Stiefel. Lilou und Gandalf war ein kuscheliges, molliges Winterfell gewachsen. Sternenträumerin hauchte auf ihre kalten Fingerspitzen, um sie aufzuwärmen, aber es nützte wenig. Beim Putzen der geliebten Araberstute geriet sie mit ihrer Hand unter die Mähne des Pferdes und seufzte überrascht.

„Hei, meine Finger werden gemütlich warm, sobald sie unter der weißen Wolle von Lilous Mähne stecken! Hmmmm, ist das angenehm, wie eine weiche Kuscheldecke."

Rosalie folgte ihrem Beispiel sofort, denn Gandalf hatte noch wesentlich mehr Haare zu bieten als Lilou. Schließlich maß seine Mähne fast einen Meter. Die Hexenschwestern gönnten sich eine Pause, in der sie ihre Lieblinge kraulten und gleichzeitig ihre Finger auftauten.

„Vielleicht können wir heute zum letzten Mal zu Griseldis reiten. Wer weiß, wie lange der Pfad zu ihr und zum Steinkreis noch schneefrei ist?", bangte Nala.

„Es wird doch bitte auch eine andere Möglichkeit geben! Sonst müssen wir es bis zum Frühling ohne Blaue Feder und Wolfsherz aushalten. Nein, so etwas mag ich mit gar nicht vorstellen." Rosalie dachte mit Sehnsucht im Herzen an ihren Medizinbruder im Steinkreis.

Auf dem Pfad raschelten die trockenen, braunen Blätter unter den Hufen der Pferde wie eine Abschiedsmelodie des Herbstes. Schließlich erreichten sie die Hochalm, auf der Griseldis ihr Zuhause hatte. Die Ziegen meckerten munter, als die kleine Gesellschaft von Reiterinnen, Rössern und ihren Medizintieren Fini und Tendo vor der Hütte ankam. Die Hagazussa war in ein Lodencape gehüllt und trug einen Filzhut. Ihre Füße steckten in ledernen Bergschuhen und wärmenden Wollsocken. Auch Griseldis hatte sich auf den Winter vorbereitet. Die Mädchen umarmten die Hexe. Sie war wie eine freundliche Großmutter, eine weise Lehrerin und ihre Hütte zur zweiten Heimat der Hexenschwestern geworden. Mit einer dampfenden, honigsüßen Tasse Kräutertee empfing sie die Mädchen.

„Hexenneujahr ist nicht mehr fern", sagte sie zur Begrüßung.

Nala fragte erstaunt: „Hat das etwas mit Halloween zu tun?"

Griseldis murrte ein wenig. „Komische neue Mode, alles Englisch zu nennen, was seit ewigen Zeiten Brauch war. Für die Druiden, da sind übrigens auch ganz lustige Männlein dabei, heißt dieses Jahreskreisfest Samhain. Es ist das alte Hexenneujahr."

„Das klingt aber spannend". Rosalie war Feuer und Flamme.

„Die Dunkelheit übernimmt von nun an den Kreislauf des Jahres, und das feiern wir Hexen. Denn genau aus dieser Finsternis wird alles Neue geboren. Bis zum Weihnachtsfest, der Wintersonnenwende, wird es jeden Tag dunkler und kälter. Erst dann nimmt die Länge des Tages, die Kraft des Lichtes wieder zu und es wird wärmer. Man könnte sagen, Winter und Sommer sind wie Tag und Nacht, wie Ein- und Ausatmen, Yin und Yang. Alles hat seine Zeit und seinen Sinn. Es sind natürliche Rhythmen, ohne die nichts existieren würde. Ihr braucht keine Angst zu haben vor der Dunkelheit, dem Winter oder der Nacht. Im Gegenteil! Wir Hexen feiern ein Fest. Denn in der Finsternis wird das funkelnagelneue Lebensjahr erschaffen. Das Licht entsteht aus der größten Schwärze. Nun beginnt die Zeit, um zu träumen, was ihr im nächsten Jahr erleben wollt, und zu zaubern, was uns am meisten Freude und Weisheit bringen wird." Sie zwinkerte, als sie die beiden Schülerinnen ansah: „Und was euer Herz sonst noch so begehren könnte."

Nala und Rosalie seufzten wie aus einem Mund. „Wie sollen wir nur den Winter ohne dich und Freya mit ihrem Steinkreis überstehen?"

„Kommt Zeit, kommt Rat", war alles, was die Kräuterfrau dazu sagte.

„Heute reisen wir aber sicher noch einmal in die Anderswelt?", fragte Nala ein wenig unsicher und gleichzeitig fordernd.

„Freya wartet nur darauf."

Diesmal durften sich die Mädchen an dem geheimnisvollen Zauberstab der Hagazussa festhalten. Sie entdeckten eine Eulenfeder an einem gezopften Band befestigt und ein rätselhaftes Zeichen, das auch auf dem Umschlag des Buches über Krafttiere abgebildet war. Der Flug auf dem silbernen Netz, das Fini gewebt hatte, verging jedoch so rasch, dass sie nicht alle mysteriösen Amulette erkennen konnten, die an dem Holzstecken hingen. Schon saßen sie unter der Eiche. Hier war die Luft viel milder als auf der Hochalm. Kaum hatten die Hexenschwestern ihre dicken Jacken aufgeknöpft, da waren sie von den Bewohnern des Gestütes, Blauer Feder und Wolfsherz umringt. So spürten sie die Wärme nicht nur von außen, sondern auch aus ihren Herzen.

„Eure letzte Reise vor Samhain. Bald beginnt ein neuer Traum." Die Schamanin saß wieder auf ihrer bunten Medizindecke.

„Ein neuer Traum? Was meinst du damit?" Nala strotzte vor Ungeduld und Rosalie erging es nicht anders.

Greta ließ die Mädchen noch einige Augenblicke lang zappeln, dann konnte sie die gute Nachricht nicht mehr zurückhalten. „Es geht um Lilou. Ich habe die Ergebnisse der tierärztlichen Untersuchung bekommen. Die Spuren der Verletzung werden ihr Leben zwar nicht ernsthaft behindern, die Karriere als Rennpferd ist aber definitiv beendet."

Diese Nachricht raubte den jungen Medizinlehrlingen für einen Moment den Atem.

Dann brach ausgelassener Jubel los. Nala, Rosalie, Emanuel und Wolfsherz sprangen auf, und Fini und Tendo legten einen so unglaublich komischen Freudentanz hin, dass die Worte Hexenneujahr, Krafttiere und Freudentaumel eine neue Bedeutung bekamen.

„Lilou muss nicht zurück nach Frankreich, sie darf bei mir bleiben?" Noch immer aufgelöst und fassungslos, stieß Nala ihre Fragen hervor.

„Das wissen wir nicht. Aber vielleicht können wir jetzt mit den Besitzern über einen Verkauf sprechen", vermutete Greta. „Die Stute galt, bevor sie zu uns gekommen ist, als unreitbar. Eigentlich hatten sie Lillou ja fast aufgegeben. Dass du mit ihr zurechtgekommen bist, hat ihre Hoffnung zwar noch kurz geschürt, aber ich kann mir vorstellen, dass sie jetzt bereit sind, die Araberstute loszulassen."

Griseldis murmelte lächelnd: „Sag ich ja, Hexenneujahr..."

Nach ihrem Freudentanz lehnten sich die Mädchen mit dem Rücken an die alte Eiche und ließen sich zu Boden sinken. Fini sprang von Ast zu Ast. Emsig und leichtfüßig verwob das Eichhörnchen die Welten, die Zauberbäume, die Steinkreise. Und Tendo? Er saß auf Nalas Schulter. Mit dieser Geste hatte ihre gemeinsame magische Reise im Sommer ihren Anfang genommen und jetzt begann ein neuer Traum.

40 Danke

Team NALA, das sind die vielen, engagierten Menschen, die sich am Prozess des Schreibens und Gestaltens der NALA Bücher beteiligen.

Der erste Band NALA DER MAGISCHE STEINKREIS ist im Selbstverlag erschienen. Das bedeutet, wir haben miteinander korrigiert, das Cover gestaltet, Werbung gemacht, das Buch auf Pferdemessen und am Weihnachtsmarkt verkauft. Alle Helfer haben ehrenamtlich mitgearbeitet und ihre Talente eingebracht. Der bisherige Erlös, ist in unser Institut www.reittherapie.tirol geflossen und Kindern und Jugendlichen zugutegekommen, die eine pferdegestützte Psychotherapie benötigen. Der Kontakt mit den Pferden heilt alte Wunden und hilft gestärkt in die Zukunft zu blicken.

Inzwischen sind wir dabei, einen eigenen Therapiestall aufzubauen. Alle vom Team NALA packen an und unterstützen uns mit ihren Ideen oder auch körperlicher Arbeit. Ohne diese Gemeinschaft und eure Freundschaft, wären weder die Bücher entstanden noch das neue Stallprojekt denkbar. Danke von ganzem Herzen für euer Engagement. Es ist mir eine Freude, mit euch zusammen die Welt ein bisschen liebevoller, wahrhaftiger und vergnüglicher zu erträumen. Wir fühlen uns als eine Gemeinschaft, der ein sinn-, würde- und fantasievolles Leben wichtig ist. Ich hoffe, dass ich das für euch so ausdrücken darf, liebe Freunde.

Claudia Martina Rauber, meine Cousine und Herzensschwester, zeichnete mit ihrem Bleistift und vor allem Leib und Seele Illustrationen für den neuen Band, wie für den ersten. Jedes Bild überrascht und berührt mich.

Susanne, dein ehrliches und genaues Lektorieren hat die Geschichte bereichert und abgerundet. Danke für die vielen Jahre unseres gemeinsamen Weges. Schön, dass du mich jetzt auf diese Weise begleitest.

Sylvia, Heckenhüterin, hat nicht nur die Grenze zur Anderswelt, sondern auch Beistriche und Grammatik gehütet. Außerdem lebt sie mit ihren Ziegen ein wenig so wie Griseldis.

Nadja, du hast mich beraten, damit die Beschreibung der Fusing Technik stimmig ist. Wir haben uns unter ungewöhnlichen Umständen kennengelernt. Das Schicksal hat offenbar viel Sinn für Humor.

Alle ErstleserInnen haben die Geschichte mitgestaltet und Ideen eingebracht. Es ist mir immer wieder ein Vergnügen mich mit euch auszutauschen.

Ganz besonders danke ich den Menschen, die sich für das Pferde-wohl einsetzen und Methoden entwickelt haben, um unseren Seelen-partnern gerecht zu werden:

Von Linda Tellington-Jones habe ich mir die Technik des Eineinviertelkreises ausgeliehen, die ich als Feldenkrais-Lehrerin sehr schätze. Ihre TTouches sind heilsam und regenerieren Pferde auf einer tiefen Ebene.

Melanie, danke für dein Lektorat der speziellen Pferdethemen. Irgendwann werden wir die Feldenkrais Methode und TTouches miteinander verbinden können und unsere gemeinsamen Seminare abhalten.

GaWaNi Pony Boy teilt seine Art von Horsemanship in dem Bildband: Horse, Follow Closely. Gabrielle Boiselle hat das Buch mit ihren Fotos zu einem Augenschmaus gemacht.

Weisheit, Magie und das Bewahren alten Wissens ist ein wichtiger Bestandteil unserer Kultur. Auf meinem Weg durfte ich einigen besonderen LehrerInnen begegnen.

Archie Fire Lame Deer, der wundervolle Medizinmann der Lakota hat mir gezeigt, dass weise Menschen sehr viel Witz haben. Er konnte Kichern, wie ein kleines Mädchen und hat damit jeden „scheinheiligen Ernst“ enttarnt.

Meinen Medizinschwestern und -brüdern danke ich für die unendlich spannenden und liebevollen Begegnungen in verschiedenen Welten und Räumen. Ihr seid mir Spiegel und Gefährten.

Die Inspiration für die „Regeln des Menschseins“ stammt von einem Text von Cherie Carter-Scott.

Dem Team von Nova MD verdanke ich, dass ich mich nicht mehr selbst um den Vertrieb und Marketing kümmern muss. So habe ich Zeit zum Schreiben und Träumen... und für die Pferde. Danke Armin und Lisa Wirth und allen MitarbeiterInnen des FNTSY Verlages.

Last but not least danke ich dir Gerhard, Licht meines Lebens.

41 Zur Autorin

Dr. Gabriela Proksch Bernabé lebt mit ihrer Familie, vier Pferden und einer Katze in Tirol. Mit ihrem Mann Gerhard leitet sie das gemeinsame Institut für Reittherapie und pferdegestützte Psychotherapie.

Sie ist Psychologin, Reittherapeutin, Künstlerin und Feldenkrais-Lehrerin.

Fotografin Bella Steger

Dir hat das Buch gefallen?

Ich freue mich sehr, dass du mein Buch bis zu dieser Stelle gelesen hast. Wenn es dir gefallen hat, würde ich mich sehr freuen, wenn du ihm bei dem Online-Shop eine Bewertung gibst, bei dem du bestellt hast. Oder du schreibst bei einem deiner Lieblings-Buchportale eine Rezension.

Ich freue mich nicht nur sehr darüber, Meinungen zu meinem Buch zu lesen, es hilft mir auch dabei, weitere Geschichten zu schreiben und neue Leser für meine Bücher zu finden.

Vielen Dank für deine Unterstützung!

Nala Der magische Steinkreis

Der erste Band aus der NALA Reihe:
erschien 2018 und ist auch als Hörbuch und eBook erhältlich.

Aktuelles und mehr unter: www.nala.horse

Das schüchterne, dreizehnjährige Mädchen Nala verbringt den Sommer auf einem Pferdehof in Südfrankreich. Ihr Herzenspferd, die weiße Araberstute Lilou ist genauso misstrauisch und verletzt wie sie. Im Wald entdeckt die Außenseiterin einen vergessenen, magischen Steinkreis und gelangt in eine Traumwelt.

Dort trifft sie die Medizinfrau Blaue Feder, ihren Schüler Wolfsherz und eine Mustangherde. Nala erlernt uraltes, schamanisches Zauberwissen und Horsemanship, das Pferdeflüstern. Dieses Abenteuer verändert ihr Leben...

Eine magische, inspirierende und spannende Geschichte für Herzensabenteurer von elf bis neunundneunzig.

ISBN Buch: 978-3-96111-856-4
ISBN eBook: 978-3-96661-459-7